小説版 弱虫《よわむし》ペダル

巻島・東堂 二人の約束

渡辺航
時海結以

小説版
弱虫《よわむし》ペダル
巻島・東堂
二人の約束
総北高校
東堂《とうどう》尽八《じんぱち》
脚質：クライマー
愛車：RIDLEY
「山神」の異名を持つ、箱根学園自転車競技部３年クライマー。ロスのない動きで自転車を駆り、余計な音を一切立てることなく流れるように加速する。自称「眠れる森の美形《スリーピングビューティー》」。
巻島《まきしま》裕介《ゆうすけ》
脚質：クライマー
愛車：TIME08 モデル VXRS
総北高校自転車競技部３年。長い手足で巧みに自転車を操り、車体が倒れそうなほどの独特なダンシングで山を登る。頂上の蜘蛛男《ピークスパイダー》の異名を持つクライマー。

広峯山ヒルクライム コースマップ

Mt.HIROMINE
HILL CLIMB
COURSE MAP

総北高校の巻島裕介、箱根学園の東堂尽八。ともに競技用自転車《ロードレーサー》を駆るレーサーであり、山道を登ることを得意とするクライマー。クライマーのトップを競る巻島と東堂は、ライバル同士、一つの約束をしていた。3年最後のＩＨ《インターハイ》の山岳賞を賭けて勝負をしようと。それは単なる頂上争いではなく、二人がクライマーとして、自転車競技にすべてを賭けた男同士の熱い闘いの一つの決着の形のはずだった……

自転車各部名称

BICYCLE
NAMES OF PARTS

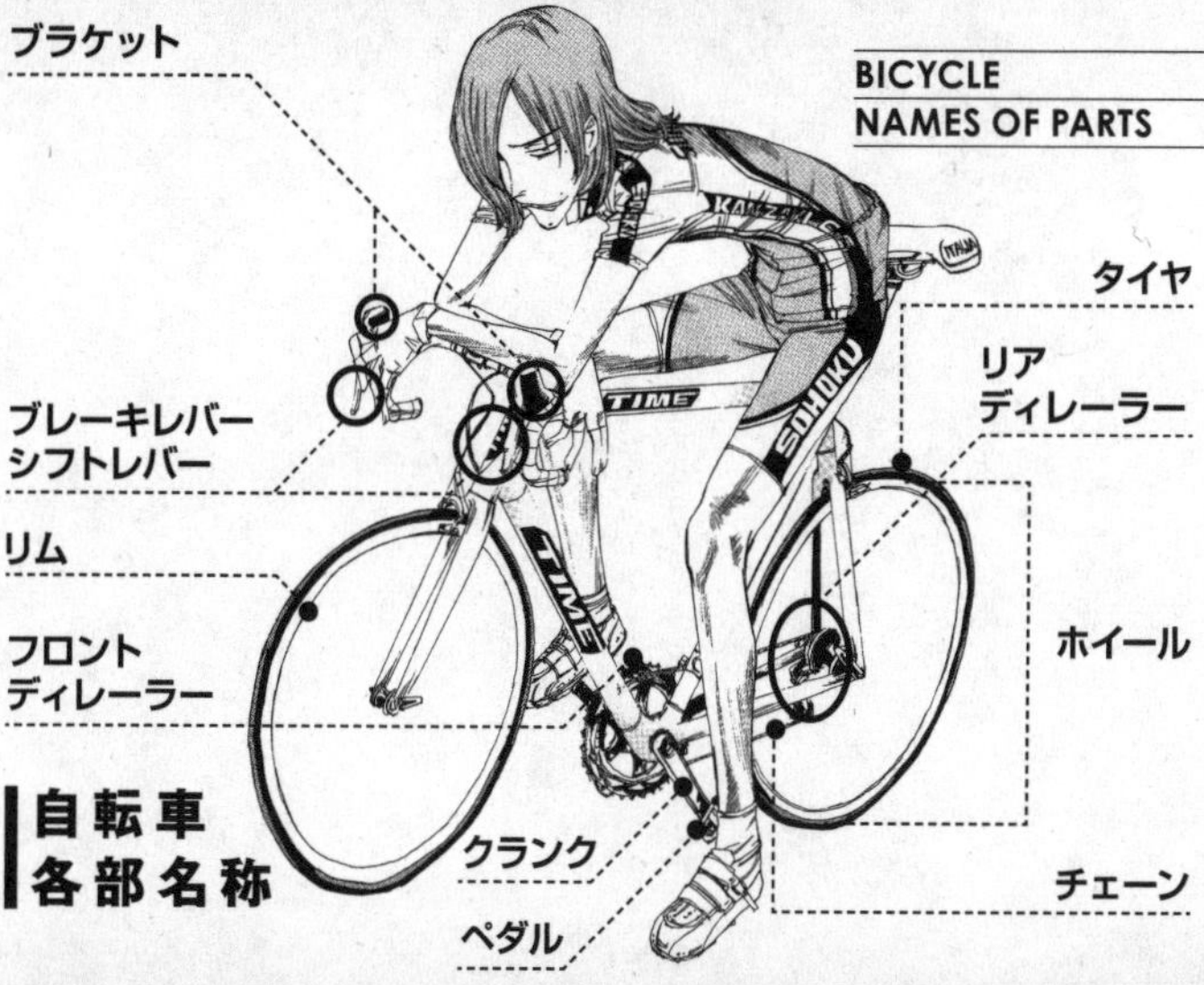

INDEX

プロローグ　箱根の道で

八月一日、炎天下の神奈川県。第四十一回全国高等学校総合体育大会——通称インターハイの、三日間に亘る自転車ロードレース男子の第一日目は、江ノ島をスタートして国道一号線をひた走り、ゴールの芦ノ湖を目指すルートで開催される。

このレースのために国道は一時閉鎖され、一般車両は通行していない。沿道では大勢の観客が、横断幕や応援旗を色とりどりになびかせ、ごひいきのチームに声援を送っている。

今、熱のこもった声援を浴びながら、千葉県代表・千葉県立総北《そうほく》高校自転車競技部のメンバー六人は、トップグループ中の一チームとして、小田原市から箱根町へ続く国道を一団となって走っていた。このとき、メンバーの一年生鳴子《なるこ》が、出身地のわかる大阪弁で叫んだ。

「待ってください、部長さん!!　アカンです!」

ただならぬ様子に、部長——主将の三年生金城《きんじょう》が振り返る。

「鳴子、どうした!!」

「小野田《おのだ》くんが、来てへんです……っ」

メンバーの六人目でゼッケン176、一年生の小野田坂道《さかみち》がいつのまにか、チームから消えていた……。

後方にいる選手たちの騒ぎが聞こえてくる。

「後方集団で落車《らくしゃ》発生！」

「小田原市民会館前のクランクで集団落車だ。だいぶ巻きこまれたらしいぞ」

自転車競技では、転倒することを、落車という。

「まさか、小野田くん……」

鳴子のイヤな予感は当たった。小野田に何が起きたのか、総北チームはほどなく、審判の乗る先導車からの掲示で、知ることになった。先導車の助手席ウィンドウから突き出されたボードには、随時レースの状況が書き出され、選手たちに報《しら》される。そこには小野田が最下位になったことが書かれていた。

「チィッ、巻きこまれたか」と、一年生の今泉《いまいずみ》が舌打ちした。

「小野田……!! 最下位だと!?」と、三年生の田所《たどころ》がうめくようにつぶやく。

「……小野田が一人で追いついてくる可能性は、厳しい……か」

金城は即座に判断を迫られた。作戦変更もやむを得ない。

「巻島《まきしま》！」

ペダルを踏みつつ、メンバーの名を呼ぶ。

「ショオ!!」

口癖で応じ、白い愛車に乗るゼッケン173巻島裕介《ゆうすけ》が、長髪を風になびかせてチームの前方へ進み出た。細くて長い手脚も目立つが、何よりも巻島を特徴付けているのは、背中まである長髪の色だった。ところどころに赤い筋が混じった、緑色……玉虫色と周囲からは呼ばれている。

「わかってるッショ」

「おまえには他チームの抑えに回ってほしかったが、仕方ない。前に出て、引いてくれ」

巻島は軽くうなずき、一列になって上り坂にかかるチームの、先頭に立つ。八月の熱い空気が巻島を重く包んだ。

――自転車ロードレースは、個人順位を争うにも関わらず、れっきとした団体競技だ。チームのエースをトップでゴールへ送りこむために、ほかのメンバーが列となり、エースを守って走る。なぜなら、自転車で一人風を切って走ると、空気抵抗をもろに受けるため、早くに疲れてしまう。誰かの後ろについて走ると、重い空気抵抗が和らぎ、体力を温存できるためだ。

総北チームは、エースの金城を守るため、他のメンバーが交代で列の先頭を走っていた。

江戸時代から箱根八里は、上り坂がきつい難所として知られている。上り坂を登るのが得意で、きつい傾斜への対応技術に特化した選手は「クライマー」と呼ばれ、その「クライマー」である巻島と小野田が、箱根の坂ではチームの牽引役になるという作戦だった。

金城の立てた計画では、巻島は単独行動でライバルチームのクライマーを牽制し、小野田が先頭で風に対する盾になりつつ、ペースを作ってチームを引っぱることになっていた。

巻島には、「山登り《クライマー》のライバル」がいたのだ。ルートの標高最高地点までの山岳区間を最も速く登った選手には、総合順位とは別に「山岳賞」が与えられる。「山岳賞」を狙って、他チームのライバルと早く勝負を始めたい巻島を慮り、チームの引きは小野田に任せるはずだったのだが……。

小野田は落車――自転車《バイク》ごと転倒して、最下位になってしまった。トップにいる自分のチームに今からでは、とても追いつけるはずがない。

エースを守るメンバーが一人、足りなくなってしまったのだった。

「巻ちゃん！」

と呼びかけ、ブルーのジャージの男が、すうっと前に出てきて巻島に並んだ。同じブルージャージを着た集団の先頭にいる。このチームこそまさに地元の高校、神奈川県代表・私立箱根学園――通称ハコガク。この男の名は東堂尽八《とうどうじんぱち》だ。高校自転車競技では王者と呼ばれている全国トップの強豪ハコガクのエースクライマーをまかされている男だった。

ヘルメットから鼻筋に落ちた長い前髪を指で弾きながら、東堂がニヤリと笑う。巻島は東堂をちらっと見やった。こいつの言いたいことはわかっている。

「さっきの落車、おたくも一人巻きこまれたみたいだな。ゼッケン176、最下位だった」

やけに明るく能天気な口調の東堂に、総北の全員が唇を噛みしめた。

ああ、始まったショ……と、巻島は東堂に負けじと明るい声を出し、大きな身振りも添えてチームメイトを振り返る。

「何シンキくせー顔してんショ、おめーら。いなくなっちまったモンは、しょーがねェだろ！　前向け、前!!」

誰も答えない。巻島はかまわず続けた。

「山じゃ弱い者は落ちる。それが法則だ。さぁ、始まるショ、休むことのできねェ登りオンリーのつづら折り」

自転車で坂を登る。急に重くなるペダルをがんばって踏み続け、それでもスピードはみるみる落ち、重力に逆らってあえぎながら坂を登る。平らな道に比べて向き不向きの個人差が大きい。上り坂を他者より得意とする者が、クライマーと名乗れるのだ。

「標高差八百メートルを一気に駆け登る、クライマーのステージがァ!!」

巻島はフロントギアを登りに向いたインナーに切り替え、ペダルを踏みこんだ。ここを自分が牽引しなくて、誰がチームを前に進められるというのだ。

「待ってください！」

列の最後尾から、鳴子が叫んだ。前へ出てきて、金城に並ぶ。

「部長さん、小野田くんはリタイアではなかったです。最下位やけど、走れるゆうことでしょ。

走れるチームメイト、置いてく気ですか。それに小野田くんは、クライマーや。クライマーは一人より二人が有利です！　小野田くん来るまで、ここで足ゆるめて待ちましょう！」

けんめいに鳴子が訴える。できるモンなら、オレだってそうしたいショ……巻島は自分もぎりぎりと奥歯を噛みたいのをこらえ、冷静に鳴子を諭した。

「オイオイ、それは一人がヤケドしたから、みんなで火の中に入りましょうって言ってるのと、同じだ」

「巻島さんに言うてへんです、部長さん──」

鳴子の言葉を金城がさえぎった。

「山での巻島の実力、判断の正確さは、おれがよく知っている。山での判断は、巻島に任せる」

言い募りかけた言葉を、グッと飲みこんだ鳴子に、巻島は告げた。

「んじゃ、ま、気を取り直して、五人で行こうぜ。オレの呼吸にリズムを合わせるっショ。まだまだキツイ登りが待ってるぜ」

それでも鳴子は、噛みつくように叫ぶ。

「巻島さん！　あんた、同じクライマーでしょ!!」

素質を見出されて、ロードレース初心者ながら小野田は自転車競技部に入部を決意し、ここまでの三か月余りをけんめいに練習してきた。小野田は、同じく上り坂を得意とする巻島を慕っていた。小野田をクライマーとして認め、喜んでいたのも巻島だったはずだ。

けれど。巻島は鳴子に、併走する強豪箱根学園チームを示した。油断すれば、彼らに抜き去られてしまう。

「今、オレが引かずに、誰が引くっつんだよ」

巻島はギアを一枚だけ落としてペダルを軽くし、回転数を上げつつ、リズミカルにペダルを回す。スピードが一段階上がった。

心拍数、ペダルの回転数、スピード、坂の傾斜度、気温、走行距離、経過時間《タイム》は、すべてハンドルに取りつけた小型計測機器「サイクルコンピューター」の液晶画面に表示され、これで自分のペースを管理して走る。

坂の勾配がきつくなり、平坦路でのスピード勝負を得意とするチームメイトたちの息づかいが荒くなってくる。ハァハァと早くなる呼吸音が巻島の耳に届いた。彼らは、藤沢市の江ノ島から二宮町を過ぎるまでの海岸沿いのコースで、チームを交代で引っぱったのだ。疲れていて当然だ。

巻島は考えていた。

(今泉、鳴子、田所っち……平坦道で仕事した連中が脚に来てるショ。加えて、この暑さ……)

気温は三十三度近くを示している。これでも海岸沿いにいたときよりはいくらか下がったのだ。だが、スピードが出て風を感じることができる平坦道よりも、スピードの出ない上り坂の方が暑いかもしれない。しかも重力に逆らって進まなければならないハードなコースなのだ。せめて体力を温存しようとすれば、木の陰を選んで走るしかない。だがあいにく太陽は真上だ。木々の陰は短くて、路側帯にやっとかかる程度だった。

山肌を縫う道に入り、耳を覆うようなアブラゼミの大合唱の中、レースは続いていた。この道は、正月に開催される関東大学対抗箱根駅伝と同じコースだ。海抜ゼロメートルの海岸から、標高八百七十四メートルの国道一号線最高点まで一気に登る。

天下の険と呼ばれる心臓破りの急坂に加え、三百六十度近く折り返すようなカーブも含めた大きな蛇行がくり返され、容易にはスピードが出せない。

（考えろ……斜度と回転数《ケイデンス》とギアと疲労と敵の動きと……必要なのは最適なペース、クライマーはオレ一人……。オレの役割は、こいつら全員を山の上まで運ぶこと。箱根の難所を乗り越えることが、総北優勝の最低条件……ショ！）

巻島は、密かに横を見やった。期待に満ちた表情で、箱根学園の東堂が、ちらちらと自分をうかがいながら、ぴったりと併走してきている。

東堂は巻島と一騎打ちの勝負をしたくて仕方がないのだ。「山岳賞」をかけた、二人きりの勝負を。

次に巻島は自分の右ハンドルを見た。握っているのは、ハンドルから突き出たブラケットと呼ばれる部分だ。そこにブレーキレバーとともについているギアシフトのレバーを、指先でつついた。

（こいつをツータップすりゃ、ギアが変わる。思いっきり踏める）

ギアを重くし、ペダルを踏む力をより大きくすれば、チームの誰よりも速く坂を登れる。この状況でついてこられるのは、東堂だけだ。東堂は歓喜にあふれた顔で追ってくるだろう。

できることなら、今すぐそうしたい……。だがチームを牽引する者は、今は巻島しかいない。そんな勝手は許されない。

「すまないな、巻島」

金城が察して、声をかけてきた。巻島はポーカーフェイスで応じた。

「クハッ、気ィ遣い過ぎなんだよ、金城、おまえは。去年だってそうしたんだし、オレが連れてってやるよ、てっぺんまでな」

金城は知っているのだ。今年はチームのために自分を抑えることなく、東堂と勝負ができると、巻島が密かに喜んでいたことを。小野田がいてくれるから……。

「どうした総北、どうした巻ちゃんっ、勝負しようぜ!!」

東堂が脇からけしかけてくる。

「そろそろじゃねーか？　ジャマな他のクライマーも、もうそんなにいねェ。頃合いだ」

自転車《バイク》を寄せてきた。

「俺はもうすぐ真波《まなみ》と代わる。そしたらフリーだ」

真波は、選手層の厚い箱根学園において史上初めて一年生で、インターハイ出場を実力で勝ち取った選手だ。

「楽しみだな、胸が躍るな、巻ちゃんもそうだろ？　同じクライマーだからな！」

上り坂の向こうに東堂は視線を移し、巻島もその視線を追った。箱根の山の彼方に、入道雲が湧いた真っ青な空がある。

「国道一号線最高点にあるリザルトライン！　つづら重なる箱根の道のてっぺん！　山の頂上までどっちが先にたどり着くか、このインターハイの舞台でそれが決するなんて、最高だな！最速の山神《キング・オブ・マウンテン》の称号が!!」

真波、替わっとけ、と言い置いて、東堂はスッと音もなく加速した。まるで滑空するかのようなスマートさで、自転車とは思えない。チェーンの軋みやタイヤが路面と擦れる音すら立てない、この静かな加速が東堂の最大の武器だ。

「巻ちゃん、おまえとは過去大きな十四のヒルクライム大会で、七勝七敗。個人的にやりあった。戦績も五分。その決着が、このインターハイでつけられることを、俺はうれしく思っている」

「……悪ぃ。かなわねェわ」

巻島のあっさりした返事に、東堂は信じられないといった様子で言い返してきた。

「ハァ!?　何言ってんの、巻ちゃん!!　イミわかんなかったのか？　俺は勝負しようっつった

んだ。俺とおまえの決着をつけようって、箱根《はこね》でっ」

「……だから、『できねェ』つったんショ」

さっきまでの期待に心躍らせた表情から一転し、東堂はあからさまに肩を落とした。

「オイ……なんだよ、これは悪い夢かぁ……できねェだって？　あの登りの巻島が⁉　最高のコンディションで、最高の舞台で、インターハイで、その山頂にリザルトラインがあるんだったら」

東堂は大きく息を吸いこみ、サドルの上で坂の先を指さした。

「だったら……だったらそれ、誰よりも速く登りてェと思うのが、クライマーじゃねーのかよ‼」

巻島はその指先が指すものを見ることができず、ヘルメットに片手を当ててうつむいた。胸が痛い。

（すまねェショ、東堂。うちにはクライマーがオレ一人……オレが飛び出すわけには……）

「どうしたんだよ、なァ、飛び出すタイミングは今だ！　行こうぜ、勝負だ‼」

東堂は焦った顔で、しきりに巻島を煽った。東堂が焦るのには、訳がある。これが、高校で最後の勝負だからだ。巻島も東堂も三年生だった。

インターハイを最後に三年生は引退する。これが本当に最後の勝負……巻島と東堂、クライマー二人の決着をつけるときなのだ。

「動け……動けよ、巻ちゃん……なんだよ……ウソだろ……」

いらついた東堂は、ついに爆発した。

「じゃあ、いったいどうすんだよ。いつ、つけるんだよ、オレたちの決着は‼」

インターハイで決着をつけようと、あのとき、二人は堅く約束した──。

1　ヒルクライム

インターハイを遡ること二か月あまり、五月最後の日曜日、早朝。

梅雨の走りと呼ばれる天候なのか、一昨日の夜から降り出した雨は、昨日の日中ほどの篠突《しのつ》く激しさはなくなったものの、まだしとしとと降っていた。

埼玉県の北西部、群馬県境にある秩父《ちちぶ》市――秩父鉄道の駅前ロータリーで、巻島裕介は愛用の競技用自転車《ロードレーサー》を組み立てていた。小糠雨《こぬかあめ》がウィンドブレーカの肩や背を濡らしている。競技用自転車《ロードレーサー》は分解して専用の袋に詰めれば、電車の中に持ちこめる。分解も組み立ても簡単だし、重量も八キログラムほどなので、特別重たいわけではない。そして、自転車の大会は雨天決行なのだ。

周囲から迫ってくる鮮やかな緑の山並みも、そのてっぺんは雨雲がかすめている。灰色の天を仰ぎ、巻島はぽつり、とつぶやいた。

「こりゃ、やみそうもないショ……ま、昨日みてェな土砂降りになんなきゃ、いっか」

今日はこの近くの広峯山で、ヒルクライム大会がある。自転車で山を駆け上がる個人レースだ。巻島はその大会のU－18学生部門に出走を申しこんでいた。

再び愛車と向かいあう。白い車体《フレーム》にTIMEのロゴが赤に白抜きで入っているところが気に入っている。フランスのメーカーのカーボンフレームだ。手入れを怠らないので、年数の割に、今シーズンから使っているかのようにきれいだ。

ホイールに傷がないことを確認し、前輪後輪とも車体にはめこんだところで、ポケットに入れていたケータイが震えた。着信だ。

電話をかけてきた相手の表示は『TODO』。

巻島はため息をつき、手の中でバイブするケータイをしばらくにらんでから、あきらめたように通話ボタンを押した。

『おっはよーっ、巻ちゃん！』

朝っぱらからハイテンションな声が響いてくる。東堂尽八だ。神奈川県の箱根にある温泉旅館の息子で、巻島とは同い年、そして、最大のライバルだった。

『調子はどうだ？　俺は絶好調だぞ。今、西武線だ』

「……車内から電話すんじゃねェ」

『あァ、心配するな。駅に着いて、ホームに降りた。巻ちゃんももちろん、現地に向かってるよなっ』

「さァ？　よく降る雨ショ」

『ワッハハッ、巻ちゃん、とぼけてもムダだ。おまえのたぎる熱い闘志が、こっちにも伝わってきてる！　スタートに遅れるなよ。つか、早めにちゃんと受付済ませとけよ。ゼッケンもらったら、安全ピンなくすんじゃねーぞ。逆さまにつけるなよ』

「……うっせ」

『うるさくはないな――』

耳からケータイを離し、まだ相手が何か話しているのを無視して終話ボタンを押した。

「東堂しつけェショ。オレが行くってわかってるクセに、何度も何度も電話してきてヨ」

ぼやきつつ、巻島の口元は自然とほころぶのだった。ブレーキを点検し、ヘルメットをかぶってサドルにまたがると、ペダルとシューズを繋ぐクリートという金具をはめる。

「さ、行くか。広峯山《ひろみねやま》」


広峯山ヒルクライム大会。プロから一般の愛好者まで、数多くが参加するレースだ。年齢別にグループ分けされ、時間の間隔を空けてそれぞれスタートする。最年少部門であるU-18には一部中学生も含めた、主に関東地方在住の高校生約六十人がエントリーしていた。一般部門には女性参加者もいるが、U-18はほぼ全員が男子だ。

ふだんは高校の部活動で自転車に乗る巻島が、個人で参加するのは、もっぱらヒルクライムレースだった。ヒルクライムレースとは、山頂をゴールとして、十キロから二十キロのコースを設定し、登るタイムを競うレースだ。

広峯山ヒルクライム大会の場合は、全長約十四キロメートル、スタートとゴールの標高差約七百五十メートルで、麓から山頂付近のキャンプ場を目指す。途中までは集落の中を抜ける、林道のコースだ。

最寄り駅からいくつか手前の、有名な観光地である長瀞《ながとろ》にほど近い駅で電車を降りた巻島は、そこから愛車を走らせて、レースのスタート地点にたどり着いた。

着いたころに、雨は霧雨に変わった。空気がじっとりと湿ってはいるが、顔に雨粒が当たることが気にならない程度になっている。息が白くなるほどではなくても、気温は相変わらず肌寒い。

U－18部門はスタートが朝八時と早い。受付は、スタート地点のすぐそばにある中学校の体育館だった。校庭が集合場所で、すでに高校生らしい選手が二十人あまり集まっていた。まだ一般の参加者は見当たらない。一時間遅れてのスタートになるからだろう。

受付を済ませて余分な荷物を預け、巻島はゼッケンを受け取った。ウィンドブレーカを脱いで半袖のサイクルジャージにゼッケンを留めつけると、巻島は他の出場者同様にあたりを走って体を温めようとした。

自転車乗り《レーサー》は、ムダな肉のついていないスリムでしなやかな体躯をしている。特にクライマーは、重力に逆らって走るので、なるべく体重が軽い方が有利だ。

クライマーにしては長身の巻島はその長い手脚と、黄色地に赤いラインを基調とした総北高校のユニフォームジャージ、何よりも緑の長髪が目立ち、たちまち衆目を集めていた。

「お、巻島がいるぞ」というささやきがあちこちから聞こえるが、いつものことだ。気にせずに校門をくぐり、街の生活道路へ出て、住宅の間に手頃な坂を見つけて登り始めたら……後ろからいきなり背中に触れられた。

ぎょっとして振り返ると、やはり、東堂だった。いつもどおり、薄い水色の地に濃い青のラインを基調とした箱根学園ジャージと青のレーシングパンツを身につけ、白い車体《フレーム》にRIDLEYの黒いロゴが入った愛車にまたがっていた。平地にも坂にも強い車体で、ベルギーのメーカー製だ。

東堂は長い前髪を上げてカチューシャで留め、その上からヘルメットをかぶっている。部分的に前髪が垂れ、鼻筋にかかっているのもこだわりのようだ。

一年ほど前に初めて知りあったとき、巻島は自分の緑色の髪を棚に上げ、「男がカチューシャ、ヘンなヤツ」とあきれたものだ。

「来たな、巻ちゃん！　俺はもう、一回りしてきたぜ」

「……あァ」

「なんだなんだ、巻ちゃん、調子が悪いのか？　腹か？　頭か？」

東堂は併走して巻島の顔をのぞきこんできた。

巻島は無言でギアを切り替え、雨に濡れた坂を軽快に登り始めた。車体を左右に揺らし、倒れそうなほど傾ける独特のスタイルだ。普通に考えたら、その動きはロスばかりでけっして速く走れなさそうなのだが、巻島はこうすることでタイヤの接地面積を広くし、脚力をより多く伝えて、誰よりも速く坂を登った。

「巻ちゃん、好調じゃないか。これは楽しみだ、高鳴る！　胸躍る!!　今日こそ俺が勝って、七勝七敗の五分の戦績を傾けてやる、俺の方へ」

賑やかしく東堂が後を追ってくる。おしゃべりは賑やかだが、東堂の自転車《バイク》は音を立てず、体も微動だにせず、まっすぐに走っていた。自転車のお手本のような走り方で、巻島とは正反対だ。

「さア、勝負だ！　巻ちゃん!!」

「……わかってるショ」

その元気、本番まで取っとけばいいショ、ムダに騒いで、と思いつつ、巻島は東堂と前後を争って坂を登り始めた。

「ほら、ぐずぐずしてると先行くぜ」

坂の上へと音もなく加速する東堂の、彫像のようにしなやかで美しく伸び、ぶれない背筋を仰いで、巻島は、内心、小さな喜びを感じていた。この男とまた競えることに。

ウォームアップを終え、校庭での開会式で主催者のあいさつと進行担当者の告げる注意事項を聞くと、巻島はもう一度自転車の状態などを点検して、スタート地点へ向かった。

いつの間にか、開会式では隣にいたはずの東堂が消えている。おかしいな、と巻島は辺りを見まわしたが、混雑していて見つけられなかった。黙っていなくなるとは、東堂らしくない。

(ま、いずれ、最後はあいつと争うことになるだろうし、いいか)

スタート地点には、片側一車線の道路幅を渡すように、大会名が書かれた横断幕が張られていた。その下にはもう、十数台の自転車と出場者が並んでいる。基本、スタート位置は早い者勝ちだ。早く来た者ほど、好きな位置に陣取れる。

先に来ていた出場者は、前後二列、一列が七、八台を横に並べてすでに場所を占めていた。三列目と四列目の場所取りが始まっている。

巻島は前から四列目の真ん中に陣取った。まずまずの位置だ。後ろすぎると、スタートダッシュ失敗の落車に巻きこまれるかもしれない。できれば先頭が理想だが……いかにも先頭で張りきっていそうで、目立ちすぎるのもどうかとも思う。

ここでいい、と納得したとたん。

「巻ちゃん！　どこ行ったんだよ！　場所取っといたぞ、こっちだこっち」

先頭の列から東堂の大声が聞こえ、巻島はギョッとした。ちらっと前をうかがうと、東堂が振り返って、巻島を捜すようにきょろきょろしながら、グローブをはめた右手を高く振っている。周りにいた選手たちが、いっせいに東堂に注目した。

「あいつ、ハコガクの東堂だぞ」

「山神東堂だ……」

「優勝候補ナンバーワン確実だな」

「せめて最初の一キロだけでも、並んで走りたいぜ」

ざわめきは後ろの列へと広がってゆく。巻島はヘルメットを片手で押さえて首をすくめた。

なんて恥ずかしいヤツだ。

「巻ちゃん、どこだよ！　巻……あーっ、いたいた！　そんなとこにいたら、スタートダッシュできないだろ」

巻ちゃん巻ちゃん！　と連呼され、視線を集めてしまった巻島は、無視することもできなくなってしかたなく小さく手を挙げ、東堂に応えた。前にいた選手が道を空けてくれる。

最前列のやや左寄り、東堂の隣に、巻島は改めて愛車をスタンバイした。

「恥ずかしいことするなショ……」

ぼそっとつぶやいた巻島におかまいなく、東堂は上機嫌だ。

「ここなら、スタートしたとたんに滑ってコケるヤツに、巻きこまれなくて済む。雨の日は先頭スタートに限るよ」

あァ……、と巻島は東堂の正しさを認めざるを得なかった。

（こいつ、わかってたんだ。だから、そっと場所を取りに……）

気づいた巻島は礼の意味もこめたつもりで、小さくうなずく。だが、そのローテンションぶりに、東堂が心配そうになった。

「なんだ、巻ちゃん、濡れた道は嫌いか？」

「……いや、そうでもねェショ」

「よし！　巻ちゃん、本当の勝負だ……焦るなよ、どうせ逃げかますヤツがいる。そいつらはどのみち、逃げきれやしねーからな。すぐ力つきて落ちる。連中のアタックにつられんなよ。地図《コース》、アタマ入ってっか？」

「ネットで去年の動画は見た」

レース中、自分の自転車やヘルメットにカメラを取りつけ、動画を撮影してネット上に流す選手がいる。自分自身やレースの宣伝、次回の参加希望者の参考に供するためだ。

「一般の部のだな、俺も見たぞ。シミュレーションはばっちりだ。道は細くて荒れ気味だが、リズミカルにカーブがあって、いいコースだな。前半の山場……集落内のヘアピンで、できるだけ他の連中を振り落とせ。後半の激坂からが、俺たちの本番だ、いいな」

「わかった」

「コンディションはばっちりだな？　自転車《バイク》も、自分の体も」

「わざわざ訊くか??」

「ワッハッハッ、当然のことだったな。俺もばっちり、おまえもばっちりだ！」

親指を立ててうれしがっている東堂の横で、雨、やんでるな、と巻島はまた天を仰いだ。目的地である広峯山のてっぺんは雨雲の底にこすられている。

（このまま、天気が保ちゃいいけど）

「傾斜度14％の坂に、連続ヘアピンカーブ。俺は早く登りたくて、ウズウズしてる」

「ま、無理もないショ。……オレもだ」

さりげなくつぶやき、巻島は正面を向いた。沿道に三々五々応援の人がいるだけで、がらんとした道路の空間に、先導のオートバイが出てくる。

心地よい緊張とともに、鼓動が高まるのが、巻島自身にもわかる。東堂も口を閉じて、正面を見すえていた。東堂をそっとうかがうと、彼の目が輝きを増してゆくのに気づき、巻島はなぜか胸の奥が熱くなった。

（こいつとまた、競える。今から競える）――その実感が、熱くさせている。

まもなくスタートです、というアナウンスが数回くり返されてから、カウントダウンを経て、スタートの合図があった。広峯山ヒルクライム大会のレース開始だ。

先導のオートバイに続いて、ペダルを慎重に踏み出す。飛び出し損ねてコケるやつはいないかなど、周囲を警戒する必要もなく、スムーズに二人はトップに出た。

林道に入るまで、山の縁に沿った街の生活道路を五分ほど、オートバイの先導でゆっくりりめに走る。オートバイ——中型バイクは二人乗りで、タンデムシートに乗った係員が旗を広げてかまえた。

この白い旗が振られたときが、本当の競争の始まりだ。

——「ヒルクライムコース　右折→」という看板が、小さな橋の欄干に立てかけられていた。

その橋の手前で旗が振られ、出場者全員のペダルが一気に踏みこまれた。先導のバイクがスピードを上げてまっすぐ逃げ去る。看板どおり、橋を渡ったたもとに林道へ曲がる丁字路があった。

ギアチェンジの音があちこちで鳴り響き、ホイールがうなりを上げ、出場者たちは誰もが、その曲がり角へと突っこんでいった。

とたんに道幅が狭くなり、皆がうめく。センターラインもない、自動車ならすれ違うのもやっとの道では、場所取りが熾烈だ。自転車が四、五台横に並ぶだけで、道幅がいっぱいになる。道をふさがれては、追い抜くことができない。

無理に抜こうとして、切り通しの壁をコンクリートで固めた、その壁にひじがこすれて、早くも出血する者もいる。

巻島と東堂は、そんな後方の小競り合いを背で感じつつ、トップで林道へ入った。

だらだらとした登りだ。右手には人家がぽつぽつと並んでいる。なんだ、この程度か、とうつかり勢いよく登ってしまいそうなゆるい坂だった。

実際、気持ちが逸って登りたくなり、後ろから周りを煽るヤツがいる。東堂と巻島は目配せしあい、そいつらを先に行かせてやった。先頭から出たおかげで、トラブルに遭うことなくスタートはうまく切れたのだ。

どのみち経験の浅い連中なのだろう。オーバーペースだと、どうせ、後でばててしまうに決まっている。平坦なロードレースと違い、駆け引きで一時的にパワーを出した後、足を休めてゆっくり走れる場所は、ヒルクライムにはない。常に登り道。自分のペースを辛抱強く維持するのが、勝利への唯一の方法だ。

数分でふいに道幅が広くなった。開放的な気分になったのか、何台もが続けて巻島と東堂を追い越し、濡れた路面から飛沫を上げて先に行く。追い抜きざまに、驚きの声を上げる者も少なくなかった。

「えっ、東堂に巻島だぞ⁉」

「先頭で出たくせに、何やってんだ」

「こいつら抜いたら、後輩に自慢できるぜ」

「ちんたら走って、今日は本調子じゃねーな。しめた」

巻島と東堂だからこそ、抜きたがるやつも多い。

「いいのか、巻ちゃん。さすがにこれは、ケツから数えた方が早いんじゃないか？」

「バカはほっとけ。そォ言ったの、おまえっショ。まァ、いいショ。最終的に前へ出れりゃ、それで」

「にしても……早々逃げかますヤツ、多過ぎだな。勝負所にうるさいのがいたら、ヤだな」

東堂の目がマジになって、巻島を見つめてくる。

「俺たち二人の勝負だというのにな」

「……そ、だな」

レース序盤は、集落に入ると急に道幅が狭くなり、人家が見あたらなくなって左に谷川、右に若葉が濡れそぼる山の斜面という場所に来ると、センターラインのあるやや広い道に変わる、というコースだった。

それが二回くり返され、広くなるたびに、巻島と東堂は抜かれた。

が、三回目はなかった。

突然、木々が斜面からせり出して視界が暗くなり、道は狭く、そして、傾斜がきつくなった。

それまでのだらだら坂から、手のひらを返されたようだ。今まではウォーミングアップ……総距離十四キロあるレースのスタートから三キロ足らず、ここから十一キロあまりにわたる本当のヒルクライムが始まるのだ。

「きつっ!!」

「くっそ重てェ、ギア落としても重っ」

「サ、サギだァ！」

ダンシング――ペダルに力を込めて推進力を多く得るための立ちこぎを、皆が始める。けれど、体に負荷をかけるため、長くは保たない。

ハァハァと息を切らし、失速してゆく出場者たちを、巻島と東堂はサドルに腰を下ろしたシッティングのままで軽々と抜き去ってゆく。

「もう落ちてきてる。なんだ、歯ごたえのない連中ぞろいだな。ワッハッハッハッ」

と、東堂が高笑いしつつ、すぅっと滑るように前進してゆくのを、彼らは驚愕のまなざしで見送った。

「……あいつらまだ、ダンシングすらしてねェ」

「こんな坂でもまだ、本気じゃねェのか」

「ウソだろ……」


急坂で半分以上の出場者を抜いた巻島と東堂は、先方の斜面にへばりつくように立つ民家の群れを見つけた。川の反対斜面にも、何軒も立ち並んでいる。集落の入り口にはレースのための交通規制の看板が出て、アウトドア用の雨具をまとった係員が、案内のために控えていた。

東堂が、ニヤリ、とする。

「いい坂ありそうだな。巻ちゃん、ぼちぼち気合い入れるか」

東堂に応じ、巻島は視線を合わせてうなずいた。腰を浮かせた東堂が、音もなく急加速してゆく。まるで一瞬で数十メートルをワープしたかのようだ。

一方巻島は長い髪を揺らし、細長い手脚を操って車体を左右に傾けながら、追随した。ペダルを踏むたび、やや弾むように勢いよく前進する。端から見れば、フラフラふらついているように見えるのが特徴だ。

「なんなんだっ、すげェフラフラしてるっ」

「び、びっくりした。よくあれでコケねーな」

「うわ、これが頂上《ピーク》の蜘蛛男《スパイダー》の走りかっ」

抜かれた者たちが目を見開く。蜘蛛男《スパイダー》、それが巻島のスタイルにつけられたニックネームだった。そして東堂はその静けさから「森の忍者」と呼ばれているらしい。

もっとも本人の自称は――。

「マジで音がしない！　接近に気づかなかった……」

東堂に抜かれた一人が、いつのまにか自分の前にいる白い車体や水色と青のジャージの背中に、心の底から驚いた声を上げる。

「ワッハハッハッ、そうだろう。気づいたときは――俺は彼方だ!!」

と、東堂は肩越しに指を立てて、ご機嫌でこう名乗った。

「人呼んで『眠れる森の美形《スリーピングビューティー》』!!　俺の登りは、森さえ眠る。スリーピングクライムの東堂とは、俺のことだ！　おまえ、今大会のいい土産話ができたな」

「……美形《ビューティ》……誰も呼んでないショ」

「巻ちゃん、なんか言ったか？」

「ヤ、別に。雫が落ちる音ショ」

とぼけて巻島は髪をかき上げた。小雨に打たれて湿った髪から雫が滴る。

やがて、先頭集団と、第二集団とが、カーブを曲がるたびにちらっちらっと、坂の上に見えてきた。十人ほどずつの集団は細く引き延ばされ、失速した者は列の最後尾からちぎれて、次から次へ置いてゆかれる。

苛酷な生き残り競争が始まっていた。

巻島と東堂は、東堂がやや先行し、巻島が追う、という形で坂を登り続けた。

列からちぎれ、一人、二人と前方を走る背中が次第に大きくなっては、やがて巻島と東堂にあっさりと抜き去られる。

ちぎれてきた者たちは、一様に疲れた顔をして、息を荒くしていた。山の厳しさはこれからだというのにこの様子では、ゴールできない者もいるのではなかろうか。最後尾から主催者の用意した、脱落者の回収車両が制限時間ぎりぎりで追ってくる。それに追いつかれたら、リタイア決定になる。

巻島と東堂は第二集団の列に追いついた。十人を数える先頭集団とこの第二集団との間隔は、およそ百メートルだ。第二集団は七人にまで減っていた。そのうち五人はまだ、ぴったりと連なり一団となっている。

先頭にいる、小柄で金色のヘルメットの男が、この集団を引いてコントロールしているようだ。小柄で機敏な動きだった。黒い車体《フレーム》に金のラインと金のロゴ、かなり目立つ。ジャージの背には白抜きで『YAMANASHI』、そしてそのジャージはファンシーな色合いだ。

東堂が小首をかしげる。

「なんだ、あのファンシーなジャージは？」

「蛍光オレンジの地に濃い紫の水玉……って、山梨だからブドウっショ」

巻島がつぶやくと、東堂もうなずく。

「肩のラインとレーパンがショッキングピンク、そっちは桃だな。すげエジャージだ、見てると目がチカチカする」

「地元愛にあふれて、なかなかいいセンスしてるっショ」

その言葉を耳にして、東堂がポカンとした様子になった。

「……巻ちゃん、ウソだよな？」

「ん？　何がだ？」

巻島の私服のセンスがあまりにも独特だと、箱根学園チームにも噂は広まっていた。そういえば、以前レースが終わったあと、巻島のはおっていた上着が、青と黄色のボーダーで襟と左袖だけ真っ赤だった、と東堂は思い出した。誰かに借りたのかと思ったが……。服のセンスがヘン、って噂は本当だったのかも……と東堂が疑っていることに、巻島は気づかない。

「……いい。真実を知りたくない……」

目を伏せ気味に、東堂が顔を正面へ向ける。

集団を引いている、小柄なブドウジャージの男は、かなりの実力者だろう。先頭から百メートルの距離を保ち、自分のペースを守っているからだ。後半でアタックをしかける気に違いない。しかしこの集団で彼についていっている者たちは、ぎりぎり限界といった様子で、表情をややゆがめていた。

どうする、と巻島は東堂に近づいて目で合図した。東堂はまた、ニヤリ、とする。

「あそこに見える、右折の看板……キャンプ場入り口の。そこ曲がったら、ちょいとこいつらと遊ぶぞ。いいな、巻ちゃん」

「ンな余裕ぶっこいて。勝負が大事じゃなかったのかよ」

「ワッハッハッ、勝負のために、じゃまなヤツらは早いトコつぶしとくのさ。こいつらのうち、一人でも、俺たち二人の神聖なる勝負の最中にアタックしてきたら、うざいからな」

「……うざいのは、おまえっショ」

ぽりぽりと頬を人さし指一本でかきながら、巻島がぼそり、とつぶやく。

「何か言ったか？　さァ、行くぜ」

二人はペダルを蹴った。


ゴールである山頂キャンプ場入り口を案内する立て看板、加えて道の対面にも「ヒルクライムコース↑」と曲がり角を入っていくよう示した看板があった。

係員がシグナルバーを振って、ここを曲がれと指示する。もう一人の係員は、通過人数をカウントしているようだ。

第二集団に続いて、巻島と東堂がそこを曲がると、今まででさえ、たとえ徒歩でもここを登ると聞けばため息がもれるような坂だったのに、また一段階傾斜がきつくなった。ここからしばらく、十分間ほどが最初の難関だ。

行くぞ、と東堂が仕草で合図して、二人は加速した。一気に集団を抜きにかかる。集団から、驚きとあきらめの混じった声が上がった。

「山神か……」

「蜘蛛男《スパイダー》巻島っ」

「くそっ、競いたくてももう、足がねェ」

今よりももうスピードを出す力は誰も残していないようだった……東堂がしてやったりという顔になったとき。

「フオォォォォ！」

野太いかけ声とともに、集団を捨てて先頭の金ヘルブドウ男が加速してきた。東堂がムッとして、引き離しにかかるが、ブドウ男は負けじとついてくる。巻島に並び、小柄で浅黒い肌にぎょろ目のブドウ男は、鼻の頭から雫を振り飛ばし、うれしそうに名のった。

「なァなァ、そのジャッシー、ハコガクの東堂と総北の巻島だな？　おれは山梨の甲斐晶峰《かいしょうほう》高校自転車部三年、戸袋高治《とぶくろこうじ》。なァ、一緒に行かず！」

ジャッシーって何？　もしかしてジャージ？　と東堂と巻島が顔を見合わせるのもかまわず、金ヘルブドウジャージの男――戸袋は満面の笑みで力強くペダルを踏んでいる。

「おめーら、有名ジャン。こんなところで有名人に遇えて、一緒に走れるなんてすげェうれしくてよ。いやホント、あこがれてたんだ、同い年だし、いつか一緒に走ってみてェもんだなって。けんど、なかなか会えんでさ」

「そりゃどーも。で、行かずって、行くのか、行かねーのか、どっちだよ」

東堂がつっこんだ。

「山梨じゃ、行こうってときは行かず、行くなってときは行っちょジャン。で、行かんってときは行かん」

「だーっ、わかりづれェ」

「武田信玄公が決めた暗号だからな、甲州弁は。そもそも信玄公の偉大さは、人は石垣、人は城という教えにあって、作戦は万事、疾《と》きこと風のごとく、静かなること林のごとく、侵略すること火のごとく、動かざること山のごとし——」

戸袋は立て板に水の勢いで、とうとうと語りはじめた。

あっけにとられた東堂と巻島だが、振り切るにはかなり無理がかかる。この後、楽しみにしている勝負に余力を残しておきたいところだ。

(まったく、レース中に東堂《じつ》よりも、ベラベラしゃべるヤツがいるとはな)

と、巻島は密かに思った。しかしそれは、実力の証明だ。この坂を余裕しゃくしゃくで登っているということだった。

「どうする?」

「……使えるヤツは使う……ショ?」

「使う、か。さて」

二人はどちらからともなく目配せしあい、しばらく——今から始まるヘアピンカーブ区間は様子を見ることにした。ちぎるのはその先の激坂でいい。

「——ということで、えべし!」

戸袋は得意げになった。巻島と東堂はポカンとする。

「えべしってのは、山梨の言葉で Let's Go!! ジャン」

「はァ……」

腰を浮かせたまま、戸袋は大きく前方へ手をさしのべ、ダンシングを始めた。加速し、巻島と東堂を置き去りにする。

「えべし!!　早く来ォし!!」

めんどくせェヤツにからまれたな、と巻島と東堂はもう一度顔を見合わせた。

そろそろ五キロ地点……残り九キロ、ここからは斜面をジグザグに縫うヘアピンカーブが続く。登っても登っても、山の頂へは近づかず、苦しいところだ。

最初のヘアピンカーブのインを、戸袋が果敢に攻めた。急カーブでコース取りするとき、アウトコースを回る方が、距離は長くなるが、傾斜はきつくない。傾斜がきつくてもインコースを選ぶということはすなわち、足に自信があるということだ。

無邪気に二人を振り返って、汗まみれの顔で戸袋がはしゃぐ。

「見てるか？　おれのカーブ攻め！　これが信玄公の作戦の一つ、侵略すること火のごとく。ここぞと思ったときに最短コースを全速力で抜けるアタック！　おまえらなら、おれのすごさがわかるだろ」

「ブドウ、けっこうやるな」

戸袋の背を追う東堂の目が真剣になった。巻島の横顔に口元を寄せてささやく。

「……やめた。様子見るだけなんてもったいねェ。な、巻ちゃん、こいつ煽って、先頭集団の十人、半分にしないか？　仕掛けさせるんだ。そうすれば、少しでも早く、俺たちは二人きりになれる」

　そして東堂は、前の戸袋にすっと近寄る。

「よォ、戸袋。だったら、見せてくれよ。ここから先にまだ三つ、でかいカーブがある。それ全部曲がりきるまでに、先にいる先頭集団のうち、何人抜けるかやってみねェか。俺と巻ちゃんとおまえで」

　あごで示した先頭集団は、もう、集団という形ではなくなってきていた。キャンプ場へ続く道へ入り、坂が一段階きつくなって以来ばらけて、さらにカーブのコース取りの技術の差で、車間が開いている。

「マジで？　東堂サンと巻島サンと三人で争えるなんて、そりゃえらくうれしいジャン。えべし！　えべし!!」

　戸袋は嬉々として飛び出していった。小柄な体は全身バネのようだった。筋肉が弾むのが、ジャージの上からでもわかる。力強いダンシングだ。片方のペダルに全体重を預けて踏みこみ、それを左右交互にくり返して、前進する。

「俺たちも行くぜ、巻ちゃん」

「……仕方ねェショ」

　巻島は肩をすくめ、ギアを切り替えてダンシングモードに入る。

　倒れそうなほど大きく左右に振れる巻島と、揺れることなく滑るようにまっすぐ進む東堂、

二人も争うようにして次のカーブを目指した。

「くっ、ブドウ、速ェ！」

カーブへの攻めは常に最短距離、それが戸袋の作戦のようだ。迷うことなく、グイグイと駆け上がってゆく。ホイールがびしょ濡れの路面に轍《わだち》を残し、それはカーブの湾曲した内側から次の内側へと点から点へ結ばれていた。

その轍をたどって追う。登るスピードで追いつくのは簡単だ。しかし、東堂にも巻島にも、自分にとってベストのコース取りがあった。それはなだらかにカーブしたラインを描いている。まっすぐではない。

「侵略すること、火のごとく！」

かけ声をかけ、先行する選手の背中を戸袋が数十メートルまで詰める。東堂と巻島が戸袋のすぐ後につける。

平坦路と変わらないかのように、上体にぶれのないペダリングの東堂は、戸袋の外側から抜きにかかる。

そのさらに外、道路中央付近で巻島がダンシングするたび、揺れる髪とこすれるタイヤから飛沫が撥《は》ねた。

「来たな、東堂。これがおれの攻めだ！　見てろ！」

ぐん、と戸袋の車体が前に出る。

「まず一人！」

先頭集団からちぎれてきた選手を、戸袋は楽々と、カーブを利用して抜く。攻められていることに先行して走る選手たちが気づく。逃げようともがく者、マイペースを守って抜かれても挽回を期する者、反応は二つに分かれる。けれど、結果は同じなのだ。

やがて抜き去られ、取り残される。

「最高ジャン！　気持ちいいっ。続いて二人！」

確かに侵略すること火のごとく、だ。戸袋は追いついたら、抜くのではなく一度速度を軽くゆるめて、後ろにぴたりとつけ、カーブのライン取りで見事に内側から抜き去る。少しでもインコースの急傾斜にためらったら、そのときは負ける。

東堂の目の色が変わった。呼吸を整えつつ、すーっと目を細める。

「意外なほど、よく登るな。このブドウ」

「てめーが煽られてどうするショ」

「ブドウはこの道をよく知っているようだ。だからコースに突っこんでくのが上手ぃ。だが登坂力は俺たちの方が上だ。坂がきつくなればわかる。遅れるなよ、巻ちゃん！」

傾斜度が増す中、東堂が回転数《ケイデンス》を上げた。巻島もペースを合わせる。当然ながら、ちぎれて落ちてきた者など、巻島と東堂の相手にはならない。

巻島と東堂は戸袋に並び、見せつけるように前へ出た。三人は続けざまに、先行していた二人を抜く。

「三人、四人……東堂、巻島、かっけェ！　感心してる場合じゃねー、せっかくのチャンス、おれも負けてられんジャン！」

カーブへの急坂を駆け上がる。筋肉が燃えるようだ。

景色がいいわけでも、先が見通せるわけでもない。林間はうっそうとしていたし、そこを離れても、急峻な斜面を切り拓いて建つ人家の、敷地を支えるコンクリート壁に迫られる。コンクリートの濡れた灰色が視野の何割かを覆うような道を、ひたすら、次の大きなカーブを目指し、ペダルを回す。

巻島と東堂は並んで進んだが、なかなか戸袋を振り払うことができない。いくら戸袋を置き去りにしても、小さなカーブのインで必ずつっこまれ、すぐ後ろに貼りついてくる。

なんとなくイヤなかんじが足もとから背を伝わり、ぞくっとした悪寒が巻島を襲った。

この背筋の寒さ、雨のせいではない。いつのまにか霧雨はやんで、あたりは明るくなっていた。雲の流れが速い。

(雨も嫌いじゃないけどヨ)

と、巻島は雲を見上げた。悪条件でもさほど影響なく走れる——イレギュラーに強いのが、自分の強みだと巻島は思っている。

前を見すえたまま、顔の脇に一筋垂れた黒髪を払い、雫を跳ねとばして、焦れたように東堂が低く尋ねた。

「巻ちゃん、そろそろ体は温まったか？」

「……聞くの、遅いショ」

「だな――ん……っ!!……感じるか？」

「まァな」

「次のヤツを抜いたとき……行くぞ」

片頬をゆるめ、巻島は東堂に視線を送った。了解の合図だ。

次のヤツ――どこまでも続く登りで、逃げ切れなかった者を、ついに三人はとらえた。

「侵略すること、火のごとく！」

カーブの内側を突いて戸袋が抜き、続けて東堂と巻島も外から抜いてゆく。

「くそ！　先行できたと思ったのに、もう来たのかよ！」

と悔しがりつつ、相手は戦意を喪失したようだ。追って来ない。

勝負区間と指定した、三つ目の大きなカーブを曲がる。レースの残り八キロ余り。そろそろ中盤にさしかかる。

「ハァ、ハァ、ハァ、ほら、五人！　東堂ってば、『静かなること林のごとく』ジャン、マジかっこいいなァ」

息を切らしつつ昂《こう》揚《よう》した顔で、巻島も、と戸袋がほめ言葉を言いかける。巻島と東堂は、同時にギアを変え、腰を浮かせ、呼吸も自然と合って——そのとき。

「はっ、きみたち、もう息上がってるんだ。てんでだらしないね」

鼻にかかった妙に甘ったるい声がした。その声の主が三人に並び、一呼吸置いてスマートに抜き去ると、数メートル先でペースを合わせ、三人を煽るように進路を邪魔する。

「てっ⁉」

戸袋がすっとんきょうな声を上げる。勝負に夢中になりすぎて、後ろに気を配っていなかったようだ。

「来た！　こいつは抑えた方がいいな、巻ちゃん」

「ッショォ‼」

先ほどからのゾクリとした予感、東堂が感じた気配——後ろから迫ってきたこいつだ。危険な雰囲気を漂わせている。

「そんなことができると、思ってんのォ？」

風をまとって突然前に立ちはだかった青い車体と、ライトグリーンの地に白と水色の細いラインの入ったジャージ——アスリートというには、ずいぶん華奢な優男だった。ヘルメットの裾からはみだした前髪から、雫がぽたぽたと落ちて、彫りの深い顔と形のよい鼻梁《びりょう》を伝う。男は長い指をそろえて、自分の目線の高さをなぎ払った。その手を胸に添え、あごを逸《そ》らす。

「このレース、東堂と巻島にだけは行かせやしないよ！」

大仰で芝居がかった仕草、舞台俳優と勘違いしているかのようだ。

「いやはや、ボクとしたことが、追いつくのにこれほどかかるとはね。やはり、みくびってはいけなかったようだ。しかし、ここからはそれなりに勝負をさせてもらおう。ボクの力を見るがいい」

「ふぅむ、何者だ……？　あまりレースでは見ない顔だが、たいした自信だな」

ならば、ものは試し、というように東堂は先頭へ出て、男の進路をふさぐ。巻島は、様子をうかがうため、東堂と男の後ろにつけた。ここまでの走りは本気ですらなかったかのようにいっそう東堂のペースが上がったためか、とうに力を出し尽くしていたらしい戸袋はじりじりと遅れだし、離される。

必ず、東堂がこの青い自転車《バイク》に乗る男の気を逸らす。その隙を突いて、抜く。巻島はそう信じた。

そのまま、三人は先を争い始めた。登りはいくらか緩くなり、スピードを上げるにはうってつけだ。

男が回転数《ケイデンス》を上げる。傾斜に負けず、よく回る足だった。本来ヒルクライムは、ギアを軽くしてペダルを多く回転させて登るのが理想とされている。そういう意味では、この男もいかにもクライマーらしい。

「わ、待て！　行っちょし！」

置いてゆかれた戸袋が焦ったが、彼の踏みこむ力は、先ほどよりも大きく失われていたようだ。すぐには追いついてこない。

「こんなんで、負けられん。東堂、巻島！　毎日必死に練習してきた、おれこそがこの山を取るはずジャン!!」

叫ぶ戸袋の声が、じわじわと遠ざかり、カーブに消えた。

追いついてきた優男に東堂が車体を並べて、話しかけた。

「……やるな、おまえ。あのブドウを置いてきぼりだ」

けっして弱い敵ではなかったはずだ。東堂の言葉に、おなじく車体を並べた巻島も同意した。顔には出さず、ただ、前髪を伝う雨の雫を指先で弾き飛ばしつつ、東堂に視線を送っただけだ。

「当然だとも!!　ボクはこの道を、何千回と走っているんだ。毎日毎日、毎朝毎夕。ここはボクの地元、ボクはこの山のすぐ麓で生まれ育った」

優男が巻島と東堂を順ににらんだ。

「この山は、ボクの山なんだ。他の誰にも、神聖なる頂きを渡しはしない」

言い放ち、優男は、ぐん、と自転車《バイク》を、巻島たち二人よりも前に出した。車体半分、男が二人を抜く。すると、東堂がまた優男に並ぶ。巻島もポーカーフェイスを装って、二人のすぐ後ろにぴたりとついてゆく。

「自信があるのはいいことだな、おまえ。だが、間違っている。頂きは『強き者』のものだよ」

東堂が諭すと、優男がムッとした。

「では東堂、きみは自分の庭を無断で他人が走り回っても、笑って見ていられると？」

「ムゥ……おまえの地元愛が強いとはいえ、そこまでつっかかられる憶えはないな。初めて会ったというのに」

すると、オーバーアクションで肩をそびやかし、いやみたらしく優男は語った。

「ボクは知っているよ、東堂も巻島も。あちこちの大会で見たからね。きみたちは、自分たち二人のことしか、気にしていない。三位になったヤツの顔も名前も憶えてないだろう？　まして、入賞もしなかったヤツは、歯牙にもかけない。まるで、自分たちが目立つための、背後の飾りつけ扱いだ」

「……いたのか、三位に」

先ほどから注目していた巻島は、優男の名前を思い出した。

「あァ、確か……武蔵川《むさしがわ》くん……。悪いな。こいつは、自分以外の順位、見てないっショ。気を悪くしてたら、すまないショ」

謝ると、東堂が苦笑する。

「いやいや、巻ちゃん、甘やかしてはいけない！」

「……おまえ、親か」

巻島のツッこみにかまわず、東堂は優男——武蔵川に語る。

「ムサシくん、結果がダメでも、努力は認めてくれとは、運動会の理論だ。これはレースだ、結果がすべてなのだよ。結果以外も見てくれと、他人に泣きついて許されるのは、せいぜい中学生までだ。それに、俺たちに勝ったヤツがいたら、イヤでも憶えるものだ」

男は含み笑い、いいだろう、と余裕ありげに応じた。

「ムサシじゃない。秩父緑《みどり》高校三年、武蔵川芯《しん》だよ。地元の意地と誇りをかけて、この山は渡さない！　ハハハハハハッ」

余裕たっぷりに白い歯を見せて、武蔵川は笑った。ハンドルを握っていなかったら、腕組みしてふんぞり返っていただろうと思えるような態度だった。

しらけたのか、東堂がクールな表情になった。

「いいだろう。獲ってみせろ。この山の頂きを！」

言い置いて、音もなく東堂が逃げ、軽く肩をすくめてから巻島もついて行く。

「オイオイ、何あおってるショ？」

巻島が尋ねると、東堂は静かに返した。

「いいのさ。口先だけでないかどうか、実力が見られる。その上で抜き去り、手に入れる俺たち二人の勝負は、楽しいだろう」

やれやれ、と巻島は東堂に従った。

「ここはボクの山だと、思い知らせてやる」

そう宣言して急勾配をものともせずに、武蔵川が追ってくる。ハッ、ハッ、と武蔵川の息遣いが巻島のすぐ後ろにあり、湿った息が背にかかるようだ。

「何が、山神だ。何が頂上の蜘蛛男《ピークスパイダー》だ。地元《この山》では、その名も無力だと教えてやろう」

二人が逃げる。武蔵川が追う。追いつく。逃げる。追いつく。並ばれる。

こいつ、しつこい……巻島はイヤな胸騒ぎを覚えた。どこまで逃げても、武蔵川のハッ、ハッ、ハッという息遣いが聞こえる気がする。鼓動が速くなってくるのが、サイクルコンピューターを見るまでもなく、巻島は自分でも意識できた。焦りすぎだ。

（ヤツだって、一人の出場者に変わりはないショ）

深呼吸する。しかし、本能で感じたざわつきは、胸の奥から消え去らなかった。

ヘアピン連続の最後の登りカーブ、崖っぷちのガードレールぎりぎりに、巻島がまず突っこむ。ガードレールの柱とペダルが接触し、鈍い音がした。

巻島が車体を振った瞬間、東堂や巻島よりも内側《インサイド》に、武蔵川が己の車体をねじこむ。そのカーブは内側が少し下っている。つっこみすぎれば、接触して転倒しかねない。武蔵川は、わずかな隙を、見極めた……。

「こいつ……！　カーブの径を知って……知り尽くして……っ!!」

東堂がうめくと、武蔵川は言い捨てた。

「ボクが何千回、このルートを走ったと思っている？」

武蔵川がすばやくギアを変え……連続ヘアピンカーブの登りが終わったそこから、初めての下りになった。手前の里山から、奥の峰の尾根筋へと渡るようだ。

あっ、と巻島が思ったときには、武蔵川の車体が先行していた。そのまま、どんどん引き離されてゆく。武蔵川が道を知り尽くしているのは確実だった。

雨がやんだとはいえ、まだ路面には雨水の流れが残り、下りはその流れが速い。

下りでは、道を知っていることが相当有利になる。どのカーブにどのくらいのスピードで突っこめばいいかわかっているだけで、コントロールする車体の速度は各段に上がる。

武蔵川はこの下りのどこでブレーキをかけたらベストかを、きっと数センチの誤差で知っている。しかし、巻島と東堂は知らない。映像で数回見ただけ、頭にイメージは入っていても、実際に走るのは初めての道だ。

姿勢を低くし、体を傾けて、下りカーブを曲がる。ホイールが横滑り気味になる。

ブレーキに指をかけたまま、巻島は奥歯を噛んだ。勝負はけっして登りだけではない。

(ぎりぎりまで、ブレーキングはしない。あそこの橋までは下るはず、橋の上をどれだけのスピードで通過できるかで、武蔵川との距離が変わる)

東堂も同じことを考えているに違いない。ブレーキの上に指を這《は》わせつつ、東堂もじっと武蔵川を凝視していた。

よし、と巻島は気合いを入れた。が、撥ね上げた水が目に飛びこみ、顔をしかめたそのとき、路面を流れる泥水の中で、巻島のホイールが跳ねた。

ガツッと、衝撃があり、突然巻島の愛車から力が失われ、ペダルが空回りした。

(チェーンがっ)

思わず声を上げかけたのをこらえ、惰性で坂を下りきると、橋のたもとでクリート――ペダルとシューズをつなぐ金具を外し、巻島は足を路面に着いた。

「巻ちゃんっ!?」

「チェーンが外れた」

たんたんと事実だけを伝える。振り返った東堂に、巻島はどなった。

「先に行けっショ！　武蔵川を行かせる気かっ」

だが、東堂は左足のクリートを外し、止まるほどのスピードまでブレーキをかけた。

「巻ちゃん……」

「オレが追いつかねェと思ってんのか？　おまえ」

珍しく巻島が声をやや荒げたので、東堂が気圧されて黙る。東堂の喉が、ゴクッと鳴った気がした。

「……早くしろよ。巻ちゃんが追いつくころには、武蔵川なんかぶっちぎってトップにいるからな」

言い置き、東堂が再びペダルに左足を載せた。クリートをはめる音がするやいなやのうちに、東堂は疾風のごとく駆け去っていた。

片手を挙げて見送ると、ぐっしょり濡れて重い髪を、巻島は指先一本で肩から払った。

「雨降ってたからって、チェーンオイル塗りすぎたか」

水を弾くつもりだったが、かえってギアの溝から滑る結果になってしまったようだ。

「こんなこともあるっショ。ま、たいしたことじゃねェ」

巻島は愛車を路側帯へ寄せた。落ちたチェーンを指でつまんでギアに載せ、サドルを持ち上げてホイールを浮かし、チェーンとペダルをつなぐパーツ――クランクを手で回す。

しっかりとチェーンがはまった。

車体を地に降ろし、巻島はまたがって走りだした。しかしペダル数回転ですぐ、ギアと車体の間にチェーンがかんではさまってしまった。こうなると、すぐには直らない。

(チッ。急いでんのにヨ)

チェーンを直すため、ふたたび巻島が自転車を降りて腰を落とすと、戸袋が「しめた！　メカトラブル？　巻島を抜いたァ」と声を上げげつつ、通過していった。

泥に汚れたギアやチェーンと格闘する巻島を、抜いたはずの六人が次々に追い越してゆく。

(……たいしたことじゃねエショ)

冷静になろう、と巻島は努めた。イレギュラーやアクシデントには強いのだ、自分は。

TIME

2　勝負へのこだわり

チェーンを直して、巻島は再び自転車にまたがり、東堂を追いかけ始めた。

橋から先は、また登りだ。あたりからは人家も消え、まるっきりの山道となった。自動車ではすれ違い不可能な狭い道で、路面も多少荒れている。生活道路ではなくなり、役所の管理も行き届かなくなった証拠だ。通行注意の看板がある。

ここにも係員がペアで待っていた。一人が手にしたシグナルバーでコースを示し、一人が通過人数をカウントする。

「この先、道が悪いですので、お気をつけて！」

巻島にかけられた係員の声が、たちまち後ろに流れ去った。

谷側にあった川の流れは、見下ろすと目が回るような深い深い沢となった。ガードレールがところどころ途切れているので、そこへ近寄ると、沢への急斜面に転落してしまいかねない。

山側は、石垣やコンクリートの吹きつけの擁壁と、林の木々が立ち並んで、濡れた緑の枝を頭上に差しだしているところとが、数十メートルから百数十メートル置きで交互に続いている。

うっそうとした林道だ。道幅は本当に狭く、自転車でも横に並んで走れるのは、三台くらいだろう。自動車のすれ違いのために、路肩のところどころに退避スペースが設けてあった。

　コンクリート擁壁に、山の土中の水抜きのためところどころ穴が開けられ、そこから泥水が流れ落ちている。路肩の側溝は流されてきた落ち葉で詰まり、そこから路面に泥水があふれていた。

（こっちじゃ、昨日の未明から今日の夜明けまで、ずっとひどい雨だったらしいからな。山道だし、泥水も無理ないっショ）

　フゥゥ……巻島は息を長く吐いた。吐ききれば、新しい空気が胸いっぱいに吸いこまれる。視界がクリアになる気がする。

　ギアを軽めにして、巻島はシッティングでペダルを踏んだ。撥ねたり脚を伝った泥水がシューズの中に入りこんでたまり、冷たくて仕方がない。シューズには通気性をよくするための穴が開いているが、ペダルを踏みこむたび、ジュワッ、とその穴から水が湧き出るほどだ。

（無理ないけど、思ってたよりも、条件が悪くなったか……）

　自慢の白い車体ももちろん、どろどろに汚れてきていた。巻島は自分の前輪に視線を落とした。ホイールが流れる泥水を分けて、ジャブジャブ音を立てている。ジャージの背中も冷たい。競技用自転車《ロードレーサー》には泥よけがついていない。なので、後輪が撥ね上げた泥水は、ダイレクトに自分の背にかかってくるのだ。

（……自転車《バイク》が好きで、ずっと乗り続けてたら、いつかは雨も嵐もあるショ。イレギュラーは

味方にできる。そう思ってりゃ、怖くねェ）

顔を起こす。時間を確かめた。

（東堂……どこまで行ったか……まだ三分、いや四分は遅れてるな。追いつくには、上げめに登って……合流は残り五キロ……五キロ半あたりか）

緑の枝に隠された道の先に東堂がいる。巻島は前髪の雫を人指し指と親指で弾き飛ばすと、ギアを切り替えて、グイグイと勢いよくペダルを踏んだ。

ゴールまでは、七キロほどある。ほぼレースの中間地点だ。ますます標高が高くなり、しだいに霧が巻いてきた。谷筋を渡るたびに白い霧がまとわりつき、いっそう見通しが悪くなった。山の麓から見れば、この白い霧も、雨雲の一部なのだろう。

その霧の中に、先行する人影がちらっと見え隠れした気がした。

（見つけたっショ）

巻島は腰を浮かし、体を横に傾けた。追撃開始だ。

ほどなく巻島は、淡く、ときに濃く流れる霧の中で不安そうにやや蛇行しながら進む車体をとらえた。道の先が見えないので、コース取りに迷っているようだ。

乗っているのは、蛍光オレンジに紫の水玉模様のジャージの選手。ハデな色遣いは戸袋だ。

（ブドウ……オレがチェーン直したとき、ヤツはオレを抜いて、九位から八位に上がってったショ、確か。その後オレは、直してる間にさらに五、六人に抜かれた。けど、最初に追いつい

たのが、こいつか。オーバーペースか、体冷えたかで、その五、六人にちぎられたのか)

脚に力をこめ、巻島が近づいてゆくと、気配を感じて戸袋が振り返った。

「巻島……もう来たか」

にらみつけてきた戸袋のぎょろ目と、まともに視線が交わってしまい、黙って通過することもできずに、「よォ」と、巻島が声をかけると——。

「あァ……いや……」

むすっと唇をとがらせ、戸袋がうつむく。そのまま様子を探るように、戸袋はペダルを慎重に回した。どうやらホイールを気にしているようだ。不思議に思い、巻島も戸袋の黒い車体の前輪へ視線を移した。

「……パンク？」

タイヤのゴムがあきらかにゆるんでいる。

(他人事じゃねェ)

レースにパンクはつきものとはいえ、運がない。長距離のロードレースなら、サポートカーが走っていて、タイヤ交換をしてもらえる。しかし今は、一時間ほどで終わるレースだ。自分で練習しているときのように、修理道具も持っているわけではない。

巻島のいたわしげな視線に、戸袋が頬を染め、ムキになって言い返す。

「まだ走れる。まだやめん！」

先ほど争ったライバルが、不可抗力で力尽きるのを見るのは、胸が痛むものだ。巻島は労りの言葉をかけた。

「そりゃついてねェ。この荒れた路面じゃ、無理もないけどヨ。気の毒に、マジで他人事じゃねェ。オレのダンシングもタイヤのサイドを路面とこするから、パンクしやすいショ」

「……巻島、おめェも、ざまァみろって顔するかと思ってた……みんな、そんな顔や、他人のことなんか目に入らないくらい必死の形相で、抜いてった」

意外そうに目を丸くした戸袋は、そっか、という巻島の薄い反応に微苦笑する。

「あっさりしてんジャン、意外だ。あんたみたいな有名なトップ選手って、みんなもっとガツガツゴール狙って喰らうヤツかと」

「……そう？　あっさり……してるか？」

手応えのない巻島の反応にとまどい、戸袋は唇を噛んでから、低い声で尋ねた。

「なァ、巻島、このタイヤでどこまで走れると思う？」

「ゴールはできるショ、まだ走れてるんだし」

「けど、勝負はできんジャン？　だったら、リタイアするかどうするか……正直迷ってんだ。ビリになってもゴールすることに、意義ってあるか？　勝負が楽しみで、参加してんジャン。ざまァ見ろって顔で抜いてったヤツを、おれは追った。けど、負けた……このタイヤじゃ無理だった。だったら……」

戸袋の言葉を受け止め、巻島は言葉を選びながら答えた。

「オレがパンクしたとして。リタイアしたら、もうこのレースの勝負はなくなる。けど、走ってる限り勝負はできる。抜こうとするヤツの足止めくらいはできるショ。勝てないかもしれないが、負けるわけでもねェ」

親しくないヤツと、会話するのはそれほど得意ではない。じっと戸袋から見つめられているのに気づき、照れくさくなった巻島は目を逸らした。頬に軽く人指し指を当て、視線を泳がせつつ、照れをごまかす。

「あーっ、と、つまり、ナンだ、その、後ろに四十人以上の選手がいる。そいつら全員足止めしたら、おまえは今の順位と同じ十四位のままでゴールっショ」

「……すげェな、巻島！　それには、おまえも含まれてんだな」

「え……？」

とまどう巻島にかまわず、鼻の頭を赤くして、戸袋は俄然張りきった。巻島の前に割りこみ、進路を妨害する。パンクした前輪が横滑りするが、戸袋はかまっていない。

「……クハ。火ぃつけちまったみたいだな」

「おうよ、巻島、敵に塩を送るのも考えもんだぜ」

挑むような目つきの戸袋に、巻島は肩をすくめた。

「なら、勝負と行くしかないショ。オレも先急いでんだ」

徹底してカーブのインをつき、巻島の前へ、前へ、と出ようとする戸袋を、大外からダンシングで抜き去る。泥が撥ね、葉末から大粒の雫が目を狙ったかのように跳びこんでくる。しかし、ためらってなどいられない。

大外へ、アウトサイドへ、巻島はスピードを上げて戸袋をかわそうとした。

肩が木の幹にこすれ、ヘルメットに小枝が当たるが、かまわず力業で振り切った。

けれど、戸袋も意地でくらいついてくる。

(こりゃ……作戦変更ショ)

巻島は戸袋の真横にぴたりと貼りついた。車体一つ分前に出られるから、進路をふさがれるのだ。出させなければいい。

互いに肩をぶつけ合い、ペダルが当たる。がむしゃらにぶち当たってくる戸袋に押され、巻島はアウトサイドぎりぎりに持ってゆかれた。ガードレールの下は、谷底へ続く絶壁だ。さすがに冷や汗が出た。

が……そんな絶壁の上には、広い広い空間があるということだ。一か八か、思い切って巻島は体を外に倒し、反動をつけて戸袋の方へと体を振った。同時にグイッと前進する。

巻島の頭が戸袋の視野をさえぎり、反射的に避けた彼のパンクした前輪が滑った瞬間、巻島は戸袋の前へ出るのに成功した。

「よし!」

その瞬間にギアを変え、一気に加速する。車体二つ分、三つ分……三メートル、五メートル、離れてゆくのが感覚でわかる。

「行っちょし！　……いや、行け、巻島！　おれは十五位になる！」

思いの外、戸袋の声は元気で明るかった。

山道は細く、左右から木の枝が張り出し、その葉を雨が叩く音がする。青臭い森のにおいが沸き立っていた。

終わることのない登り、曲がりくねった細い山道。

巻島は左右に体を揺らす独特のダンシング……スパイダークライムで、先行する選手を次つぎに追い越し続けている。息が弾み、心臓はどくどくと激しく打ち続けていた。

（ハァ、ハァ、ハァ、これで五人……抜いた）

路面をこする巻島のタイヤの音、巻島の荒い呼吸音。それらを聞きつけ、逃げようとする者。気づかずに、または力を既に使い果たして、なすすべなくあっさりと抜かれる者。

ハァハァ、ハァハァ、ハァハァ、心肺機能を酷使して、巻島は追った。カーブの向こうを、登り坂の上を目指す。リズミカルに、しかしアップテンポで、ペダルを回す。

「げ、もう巻島が追いついてきた！」

「抜いたとき、まだトラブルで止まってたのに」

焦りの声を上げる者。あきらめたように「やっぱそんなもんだよな」とつぶやく者。すげェ……と感嘆する者。

（あと何人だ？）

抜いた人数を思い出しながら、巻島は指を折った。

（……東堂と武蔵川以外に、あと三人のはずショ。ちょっと脚にキてるか。斜度きつくなってきたし）

次のカーブ。次の選手の背中。次から次へ巻島は目標を細切れに定めては、追いつき、追い越していった。

東堂と武蔵川以外の三人を抜き、単独のヘアピンカーブを曲がって尾根に出たとたん、一転して急な登りに変わった。奥の峰の尾根——ここからが本当の、本物の山らしい。

ハァハァと苦しい呼吸を整えつつ、巻島はサイクルコンピューターを確かめた。

（あと二分くらいで追いつけるけど、追いついても、力使い果たしちまえば、勝負にならねェ……いや、そんなの追いついてから考えるショ）

補給食のバーを乱暴に背中のポケットから引っぱり出すと、口にくわえる。

（すべては、追いついてからっショ！）

尾根の急傾斜……しかしまだ、東堂が楽しみにしていた激坂ではない。腿を叩いて巻島は気合いを入れた。甘いバーを咀嚼《そしゃく》して、給水ボトルの水で飲み下す。

霧が晴れたら、薄日が射してきた。路面を流れる泥水も光を反射する。反射した光に目を細めたものの、巻島の気分がアガった。呼吸を整えて自分の体調を確認する。体は熱く、まだ力は充分残っている。陽射しのおかげで、気温も上がりそうだ。息はもう白くない。

「行くっショォっ！」

そこから二分足らず、登り続けた巻島は大きなカーブの先で、ついに獲物をとらえた。ややまっすぐな道の先、五十メートルほど向こう、ライトグリーンのジャージ、武蔵川だ。

そして。もう一人。

いる。東堂が、その先にいる。武蔵川との差は数十メートルというところだろうか。

東堂の姿は一瞬だけで、すぐにカーブの彼方へ消えた。武蔵川を余裕でかわしているようだ。

（来た!!）

胸が躍った。残り五・二キロ。とうとう来た。ほぼ予想通りだ。

巻島は二人の背を追った。武蔵川と東堂の差は縮まらない。しかし、東堂に置き去りにされているわけでもないのだ。そんなヤツ、めったにいない。武蔵川の実力のほどがわかる。

（来た来た来た来たっ）

顔まで撥ねた泥が乾き、中指一本でこすり落としながら、巻島は口元が自然とほころぶのを感じていた。喉が痛くなり、苦しかったはずの呼吸も、ガンガンと脈打ってあえいでいたはずの心臓も、過去の話だ。今走り出したばかりのように、力が湧いてくる。

（さあ、ここからショ！）

巻島は得意のダンシングで武蔵川に襲いかかった。

十メートルほどまで近づくと、巻島が泥水を跳ね上げる音に、武蔵川が振り返った。色白で彫りの深い顔には、まだ余裕があった。意地悪く目を細め、額に貼りつく髪を武蔵川は気取った仕草で撥ねのける。

「巻島、もう追いつくとはすごいね。感心するよ。するとつまり、きみの目の前でボクが勝利し、きみのくやしがる顔が見られる、ということだ。きみはボクがこの山の王者であり、覇者であり、この山がボクのものであると証明するための、引き立て役なのだよ。選ばれたことを名誉だと思え」

「……なかなかの自信家っショ……」

巻島があきれると、

「きみ一人とは言わない。あの男も一緒だ。寂しくなくていいだろう？」

と、前方を、武蔵川が手の平を上に向けて指し示す。そして、思いがけないことを尋ねた。

「……ところで、一つだけ質問がある。東堂と巻島は、組んでいるのか？　レースではいつも一緒にいるようだが」

「は？」

組んでいる、という言葉の意味がとっさに理解できず、巻島は訊き返した。

「二人きりで勝負するために、他の選手を蹴落とすときは協調や協同しているのか、と訊いてるんだよ。手を組んでいるのか、と」

「いや？　なぜそんなことを訊く？」

「そうにしか見えないからだよ」

巻島はかぶりを振り、答えた。

「クライマーはいつも孤独、オレはそう思ってるッショ。山を登る、その速さを決めるのは、登坂《とはん》の実力を図るのは、個人の力量のみ。だから、仲間とつるんでも意味はないショ。けっきょくんとこ、ゴールを最初に踏み、まだ誰のものでもない山頂を手に入れるのは、たった一人。たとえ手を結んだとしても、最後には蹴落とさなくてはならないショ」

まだ疑っている顔つきの武蔵川に、巻島は断言する。

「クライマーにとって、何よりも欲しいのはてっぺんただ一つ。仲良しのお友だちじゃねェ。違うヤツがいたら、見てみたいショ」

ふむ、と納得のいかない表情ながら、武蔵川はうなずいた。

「きみの言い分は受け取っておこう。さて、東堂が先に進んでしまった。そろそろ休憩時間はおしまいだ」

足を止めて休んでいたわけではない、きつい坂を登っていたのだ。しかし、さほど息を切らしたわけでもなく、武蔵川は、はっ、と気合いを入れた。

ギアの切り替わる音と同時に、武蔵川の回転数《ケイデンス》があがった。水たまりを踏んで、ホイールから水しぶきが幕のようになって上がり、陽の光にきらめく。シャーッと音が鳴った。

カーブを右左右とクイクイ曲がったとたん、不意に急角度の傾斜になった。武蔵川がスムーズにギアシフトを切り替え、スピードを落とさず登る。用意の遅れた巻島は、軽く舌打ちして自分もギアを変えた。

(こういう展開、嫌いじゃないショ！)

巻島は思いっきりペダルを踏んで、体を振った。弾むように前へ車体が出てゆく。振って踏む。踏む。踏む。

路面をこする巻島のダンシングは、文字通り、まさに激しいダンスを踊っているかのようだった。轍に溜まった水から飛沫が散る。

武蔵川が東堂との間を詰める以上の速さで、巻島は武蔵川との間を詰めた。

登る。争って登る。登り続ける。

路肩の退避スペースを利用して、巻島は武蔵川と並んだ。

ちらり、と相手の顔を見やり、巻島はフッと前髪を息で払って、さらに加速する。武蔵川を車体二つ分引き離し——ガツン！

後輪に衝撃を感じた。

(やべっ)

泥水で見えなかったが、退避スペースと道路の境目のアスファルトに、大きな亀裂があったようだ。そこへ傾けた後輪のサイドを引っかけたらしい。

(大丈夫……だよな?)

左右のペダルを、巻島は数度、わざと強めにグイグイ踏みこんでみる。空気圧に変化はなさそうだ。

ホッとして、巻島はそのまま登り続けた。東堂と並ぶまで、あと十五メートル。

すぐ後ろから、武蔵川がそんな巻島をじっと見ていたことに、巻島は武蔵川の車輪の立てる音の近さで気がついた。ちらっと肩越しにうかがう。

「巻島……今の……」

武蔵川が薄笑いしていた。不気味な悪寒が背筋に走り、巻島はいっそう激しくペダルを踏んだ。車体を揺らし、東堂の白い背を目指す。あと十メートル……七メートル……五メートル……三メートル。

「よォ、お先に」

東堂に声をかけ、巻島は一気に抜いた。

「来たな来たな、巻ちゃん! ずっと待っていたよ、トップを奪い、足をゆるめないまま。追いつくと信じて！」

車体から身を乗り出し、目を輝かせた東堂が、右手を翼のように伸ばし、歓声を上げた。雲の切れ間から射した陽を浴び、濡れた車体《フレーム》やホイールのスポークが光る。濡れた路面にも光が反射してまぶしく、巻島は目を細めた。

残り四・五キロだった。

「そりゃ、どうも。じゃ、抜かないとがんばりに応えたことにならないな」

巻島はグイグイと進み、東堂の前に出て引き離しにかかった。胸がカッと熱くなる。

(クハ、なんだよ、この熱さ)

柄にもなく、歓喜で叫びそうだった。

「やったな、巻ちゃん！　お返しだ!!」

東堂がうれしそうに追いついてくると、巻島に並び、次のカーブでインを突いて抜いた。

大きく車体を揺らす巻島のダンシングはどうしても幅を取るため、道のなるべく真ん中を走ることになる。内側《イン》がコンクリート擁壁の場合、ぎりぎりまで突っこむと、肩をぶつけることになってしまうからだ。

それに対して、姿勢が安定していて体が振れない東堂のダンシングは、シッティングで平坦路を走るのとたいして変わらない。細い隙間も抜けることができる。

「ワッハッハッハッ」

実にうれしそうに高笑いしつつ、東堂は巻島を振り返った。

「どうだ、巻ちゃん！」

「なら、抜き返すまでショ」

その会話の最中に、もう一台のホイールが水を跳ねる音が接近する。武蔵川だ。

「何をはしゃいでいる？　この山でボクの前を走るのはやめろ、目障りだ」

怒りを押し殺した……いや、抑えきれていないような低い声で告げつつ、武蔵川が巻島と東堂に並ぶ。

「それならば、並んで走るがいい。ただし、できるのならば」

東堂が静かに加速し、先行する。すると。

「この山は我が山、我が肉体！　悪路も困難も我が血肉!!」

妙なかけ声とともに、武蔵川が勢いよくペダルを回す。撥ねかけられた水が脚にかかり、そのあまりの多さと冷たさに巻島の腰が引けた隙をついて、武蔵川が進路をふさぐように巻島の真正面へ出た。

「わかるかい、巻島。ボクが毎日登っているということは、雨でも風でも、こんな悪路でも登っているということさ」

言い残し、武蔵川は東堂を追った。東堂も加速してゆく。逃げる東堂と追う武蔵川は、巻島との距離を一気に広げてゆく。十メートル、二十メートル……。

（武蔵川……あいつ、やばいショ）

巻島はペダルを踏んだ。車体を揺らすスパイダークライムで、たちまち追いつく。

三つどもえの争いになった。東堂が先頭に立ち、武蔵川が抜き、巻島が武蔵川の頭を抑えて、その隙に東堂がまた先頭へ立つ。

くり返し、くり返し、抜いたり抜かれたり、並んで争ったり、その末に抜き返したり。三人がからみ合い、めまぐるしく先頭が入れ替わった。

「目障りなっ」

クールぶっていた武蔵川がとうとうキレた。先頭に出て巻島を抑え、振り返ってどなる。

「二対一になってるじゃないか！　巻島、ウソをついたな」

巻島は片眉をしかめた。

「ついてないって。オレたち、そんなに仲良くないショ」

東堂も巻島の背後から援護する。

「そうそう。トップ争ってるから、けっきょくいつも一緒ってだけだ。今だって、そう」

「仕方なく」

「…………なんだよ、巻ちゃん、仕方なくって！　失言取り消せ!!　俺以外と争いたいのか？　俺でなきゃダメだろ!?　いいよ、なら、このキザヤローと楽しめよ！」

「はァ？」

東堂はすっとスピードを上げて、車体一つ分先行し……前を向いたまま、おかしそうに言った。

「なんてこと、俺が本気で言うと思ってんのか？　巻ちゃん」

「ないショ、絶対」

巻島は苦笑して、頬に飛んだ泥を中指でこすり落とす。

「ふざけるなっ。不愉快だ！」

武蔵川が一段とスピードを上げ、東堂を抜き去って先頭に出る。

「行かせるか！　行くぞ、巻ちゃん！」

（だから、その言動が誤解の元ショ）

巻島は内心ぼやきつつ、東堂の加速についてゆこうとした……が。

（ん⁇）

後輪に違和感を感じた。異常というほどではない、ささいな違和感……しかし、何かがいつもと違う。

（……まさか、さっきの……）

東堂を先に行かせ、気づかれないよう、巻島はそっと回転する後輪をのぞいた。目立った変化はない。泥で汚れきっているだけだ。

（気のせい……か？）

ペダルを踏み続ける。

(気のせいだ)

けれど、どうしてか、思ったように加速してゆかない。ギアをいくつか変えて試したが、進みがいつもと違うのだ。

「どうした巻ちゃん！　ぐずぐずしてるから、キザヤローに置いてかれたぞ」

武蔵川の背が小さくなり、カーブの向こうへ消える。それを曲がってみたらもう、次の十数メートル先のカーブの向こうへ呑まれて、武蔵川は視界から消えていた。

先を指さし、東堂が悔しがった。

「あ……あああっ。やられた……巻ちゃん、なんだよ……どうした？」

「あァ、いや、悪い。ちょっと足に来た」

巻島はとっさにごまかした。東堂が眉根を寄せ、心配そうになる。じっと巻島を見つめたので、巻島は目を逸らした。

「……仕方ないな。ここまで追いついて来たんだもんな。ここから先、坂はいったんきつくなるはずだ。激坂まで足溜めとけ。それからまたあいつを抜くぞ」

東堂は一人で先行するようなことはしなかった。巻島にペースを合わせて併走する。けれど、残念そうに唇を引き結び、しばらく黙っていた。

やがて、ぽつり、と東堂がつぶやいた。

「二人きりの勝負、ゴール前では絶対にしよう」

「あァ……」

「そうでなければ、巻ちゃんが追いついた意味がないのだよ」

真剣な顔を東堂が巻島へ向ける。

「俺たち二人の勝負がないクライムなんて、クライムじゃないんだ」

焦りといらだちが見て取れた。相変わらずガタガタの荒れた路面も、東堂をいらだたせているようだ。サドルの上で腰が小さく弾むたび、舌打ちしている。

「だったら、ここから勝負すればいいショ？　オレはもう大丈夫」

巻島はつぶやいた。しばらくスピードをゆるめて走ったら後輪の違和感は収まり、加速できそうなのだ。

（やっぱ気のせいだったショ……勝負に影響出なくてよかった）

巻島は内心安堵していた。

「よし、じゃ、そこのカーブから次のカーブまで、行くぞ！」

二人は目を見交わして、腰を同時に浮かせる。

体のぶれない東堂のまっすぐな走りと、大きく左右に車体が振れる巻島の走り。

「巻ちゃん、体振るたび、泥や小石が飛んでくんだよっ。ちょっと離れろ」

「道狭くて無理ショ」

「だったら、おまえが下がれ」

「下がったら、おまえの泥撥ねを顔にかぶるから、イヤだ」

「……わかった。つまり、俺が勝てばいいんだな。大きく引き離して」

東堂はすっと、先行する。巻島は追いかけようとした……が、また後輪が何かに引っかかったように重くなった。

(いやいや、気のせい、気のせい。もし、なんかあったとしても、たいしたことないって。このくらいのアクシデント、オレならかまわず行けるっショ)

勝った東堂は機嫌を直したのか、足をゆるめてゆっくり走り、巻島を待っていた。巻島は慎重にペダルを踏んで自転車を進め、東堂に並ぶ。

「よーし、巻ちゃん！　確かこの先はヘアピンだ。ヘアピンに入ったら、また勝負だ。ほら見ろ、まだ無理だったろ。足回復させとけよ。でないと、つまらん」

「……ほっとけ」

ヘアピン連続までまだ数百メートル、このままジワジワ登ることになる。

「キザヤローは、ヘアピンの先の激坂で倒すぞ」

東堂が一人で勝手に決めているので、巻島は適当にうなずいておいた。武蔵川を抜かなければ、二人でゴールを争えないのだけは、確かだ。

しかし、武蔵川のあのペダルの高い回転数、道を知り尽くした様子……武蔵川は手強いクライマーだ。

「あのキザ、けっこう回してたな。回転数《ケイデンス》が……。回して登るのは、それほど多いタイプとも思えないが」

巻島がつぶやくと、東堂が不思議そうに聞き返す。

「それが？　ヤツの何を気にしてる？」

「あ……いや……」

巻島は、一か月あまり前、部活選択の締め切り日になって入部を希望してきた、小柄でメガネをかけた一年生のことを思い出していた。


小野田坂道という愉快な名前のその男は、自転車に関してはまったくの素人だった。運動《スポーツ》もからっきしダメだという。

しかし……古びたママチャリで、学校の裏門に繋がる最大斜度20％の坂を、平気で登ってしまうのだ。普通なら、下から見上げただけで足がすくんでしまう、あの激坂を。

その坂を登るとき、中学でトップクラスの選手だった新入部員今泉俊輔《しゅんすけ》の競技用自転車《ロードレーサー》と、小野田はママチャリにスニーカー履きでそこそこ渡りあったらしい。

小野田の武器は、回転数《ケイデンス》。ペダルを速く長く回し続ける能力は、個人差がある。その素質に恵まれていたのだ。

どうやら、小学校四年生の時から、往復で九十キロあるという秋葉原まで、進みづらいよう細工された自転車で毎週通っていた、それで鍛えられたらしいのだが。

素質を見出した今泉と、同じく新入部員の鳴子の説得で、運動部は苦手と言っていた小野田が、自転車競技部室のドアを叩いたというわけだ。

先日の一年生レース――新入部員の一年生たちの実力を測るために、六十キロの距離を競わせるレースを見て、巻島は驚愕した。今年はクライマーが入ってこなかった、とがっかりしていた矢先だった。

そのレース中、峰ヶ山という学校近くの山への登りで、小野田は生まれて初めて、ママチャリではなく競技用自転車《ロードレーサー》に乗ったのだ。慣れるまでに時間がかかるはずなのに、あっさりと乗りこなし、クリートなしのただのスニーカーでペダルを回した。登坂で、たやすくクルクルと。

伴走車から小野田の走りを見た巻島は、胸の内で快哉を叫んだ。

――(なんだ、あの初心者……あいつ……あいつ、ひょっとして……)

そして、個人練習で小野田と一緒に坂を登った巻島は、確信した。練習を終えるなり、部室へ駆けこんだほどだ。

――『オイ、金城、あいつ！　あの初心者!!　鍛えれば登るぞ、センスある!!　あいつ――

クライマーだっ』

(小野田……あいつがいれば、ひょっとして……)

巻島には重責があった。大会での登りは、巻島がチームメイトを引き、ペースをコントロールしなければならない。大会は団体戦だからだ。ヒルクライム大会のような個人戦ではない。

だから、なかなか、思いっきり坂を登る機会に恵まれずにいた。選手層の薄さの割に、総北が強いチームであればあるほど。登りは巻島の引きにかかっていたのだ。

(総北は伸びしろのあるクライマーを手に入れた。来年はあいつに、登りの引きを任せられるかもしれない。そりゃド素人だから、あれもこれも、いろォんなことを、今からオレがあいつに叩きこまないとならないが。オレが卒業した後の心配も少なくなった)

「巻ちゃん、何にやついてんだ。気持ち悪いぞ」

東堂が不審がっている。

「……なんでもねェ」

「なんでもないことないだろ。そうか、そんなにも今からの勝負が楽しみか！　楽しみで楽しみで仕方がないか!!　俺もだよ、巻ちゃん。血がたぎる！　沸き立つ！　武者震いしているよ!!」

「震えてるって、さっきの雨で冷えて、寒いだけショ？」

……かもな、とあっさりと認めた東堂は、前に向き直った。

「ならば巻ちゃん、ペースを上げて、体を温めるだけだ」

「あァ、わかった」

巻島が応じたのに、東堂は動く気配を見せない。しみじみとした顔で、遠くに視線を投げる。

「巻ちゃん、憶えてるか、俺たちの出逢いを！　あれからもう、一年と一か月と二十三日が過ぎたな」

「……おまえ、先月もそれ、電話で言ってきたショ。記念日だとかナンだとかって、女子か！」

「俺がおまえに初めて勝った記念日と……俺が初めて残り百メートルで逆転して勝った記念日と……それから——」

「オイ！　ったく、ホント女子かヨ」

「思い出を温め、こうして自転車《ロード》の上で、改めて語りあうのもいいモンだ」

「はァ……体温めるんじゃなかったのか？」

あきれて、片手でアタマを抱えつつ、巻島は尋ねた。

「まずはトークからだ。俺はトークが切れて、登れる上に、この美形、天が三物を与えた男だからな！」

「寒くて思考がヘンになってるショ」

そう言う巻島も、寒さを感じていた。晴れ間がのぞいてはきたが、このあたりは林の中だ。木陰になって、陽光が届かない。巻島にはこれ以上言い返す気力もない。やや先行しつつ、東堂はうっとりと堪能するように、思い出話を始めた。

「あのときも、埼玉だったな。一年前の春、奥秩山ヒルクライム大会」


一年前の四月上旬、埼玉県。

まだ春浅くて寒いが、好天に恵まれた日だった。新緑が芽吹く直前の山で、その大会は開催された。U－18の学生部門の出走直前、東堂はウォームアップをしていた。そろそろ開会式だ。向かった方がいい。

(よし、今日も絶好調だ。この山も俺のものになりそうだな)

人が集まっている方へ愛車をゆっくり走らせると、ひそひそささやきあう声が東堂の耳に入った。皆、東堂の水色とブルーのジャージに注目している。

『おお、東堂だ』

『東堂が来たぞ』

『箱根学園の東堂……あいつが……』

『こないだ、冬のヒルクライム大会で優勝したヤツだろ』

『あいつ、二年生だぞ』

『マジで？　このあいだまで、一年だったたってことかよ』

東堂は得意になった。開会式に並ぶため、自転車《バイク》を降りて押しながら、さすが俺、と内心天狗になる。そのとき、すれちがいざまに肩が当たった。

見れば、黄色いジャージ……千葉・総北高校とロゴが入っている。緑色の髪をした、細面の男子だった。そいつのあまりの無愛想さに、ぶつかったことを謝る気も失せる。

『総北？　聞かねェな』

東堂のつぶやきに、同じく自転車《バイク》を押していたそいつは足を留め、ぼそっと言い返してきた。

『おめェも誰だよ』

カチン、と来た東堂は、行き過ぎようとしたそいつにどなった。

『知らねーのかっ。俺はハコガクの東堂尽八！　山神と呼ば――』

皆まで言わないうちに、ちらっと肩越しに東堂を見たそいつは、言葉をかぶせてきた。

『カチューシャ、カッコ悪いっショ』

ローテンションなしゃべり方をする男で、かえっていかにもバカにされたように感じ、東堂はムッとした。

『おめーの髪こそ、何色だよ！　虫か、玉虫かっ』

『……クモだ』

『ワッハッハッ、クモかよ』

何を言ってるんだこいつは、と東堂は嘲笑った。二度と顔を合わすこともないと思った……のに。

（ホントにクモだ……なんだ、あのダンシングは！）

まちがいなく、あの玉虫色の髪の男だった。急な登りで、敵無しと思った東堂の前を走っている。細長い手脚で車体を操り、異様なまでに自転車《バイク》を傾けるダンシング。ペダルが路面をこすりそうだ。タイヤの接地面も、あり得ない部分がアスファルトに当たっている。

（見たことないぞ、あんなの!!）

しかし、そいつは速かった。一心に彼方のゴールだけを見すえて、飢えた獣のように、獲物を貪るかのごとく、高みを目指す。

（けど、ここの優勝は俺が――）

ゴール前で競り、東堂は負けた。中継のアナウンスが、高らかに宣言する。

《優勝は総北高校二年生、巻島裕介選手！》

東堂が負けた、という観客のどよめきが、渦となって東堂を包み、飲みこんだ。

『くそおおおおっ!!』

「それから何度もレースで出会い、俺たちはてっぺんを競い合ってきた！　お互い勝負所で、実力をぶつけ合ってきた！　そうだろ、巻ちゃん！」

「……なんでかな……」

「なんでじゃない！」

東堂は、ハンドル手前にあるステムを軽く叩いた。

「俺たちはそういう宿命の星の下に生まれたのさ。好敵手と書いてしんゆう、親友と書いてライバルと読む！」

「いつ親友《ライバル》になったショ」

「巻ちゃんと呼ぶのを、おまえが認めたときにだよ。あれは……出会ってひと月した、奥多摩山ヒルクライムだったたか。週末ごとに戦っての、四戦目」

巻島は否定しなかった。確かにあのとき、ゴール前の競り合いで、『おまえは巻ちゃんだ！』と言い残して駆け上がった東堂を、認めて追いかけた。

巻島が思い出していると、突然東堂が片腕を水平に広げた。

「巻ちゃん！　さあ、来たぞ！　ヘアピン連続だ‼」

二回目のヘアピン連続は、戸袋と三人で勝負した先ほどのものよりもさらに急峻《きゅうしゅん》だった。

急斜面のため、樹木さえもいくぶんまばらになる。木立を透かして見上げたら、山肌に貼りついて進む蛇のように、つづら折の道があった。カーブとカーブの間隔も、先ほどより短い。右に左にと折れ曲がるカーブが数えられる。目眩《めまい》を覚えそうなほどだ。これほどの斜面なのに、もっと急傾斜の激坂がまだこの先にあるのだという。

そのつづら折りの二つ先のカーブのピークに、武蔵川の姿がちらりとうかがえた。二百数十メートル先行されているだろうか。

「もう、何をやったって、後ろから俺たちに追いつけるヤツはいない。前にいる邪魔なヤローは、このヘアピンを登りながら、切って捨てる。どうだ、二人きりの熱い勝負の始まりだ。ヘアピンを登り切ったら、ゴールまでは三キロ足らず。熱い熱い二人旅になる！」

東堂は巻島と横並びになり、びしっ、と指を突きつける。

「ここまで十四戦して、七勝七敗の五分！　この一年と一か月あまり、ヒルクライム大会の学生部門は、必ず、俺か巻ちゃんが優勝してきた！　俺が勝てば、次はおまえが勝つ。お前が勝てば、次は俺が勝つ。前回おまえが勝って五分に持ちこんだ……さあ、決着をつけよう、俺が勝つか、おまえが勝つか!!」

グッ、と東堂がブラケットを握り直す。

「俺は、負けない！　巻ちゃん、おまえには、絶対!!」

「……ショオ！」

まずはヘアピン連続を抜けるまで——二人はギアを切り替え、本気でペダルを踏んだ。

（やっぱ……リアが……おかしい？）

常に困ったような形の巻島の眉がいっそう険しく下がり、眉間が深くしかめられた。

いつもと感触が違う。明らかにチューブがゆるんでいる。

（スローパンクか？　今ごろになって、リアの空気抜けてきた）

巻島の胸に、初めてイヤな疼きが走った。

（パンクしても、最悪、リムだけでも走れる……が、ゴールできるってだけで、勝負なんてもってのほかになるショ。いつものようには……走れなくなる、時間の問題だ）

スローパンク。一気に空気が抜けて、その場で走れなくなるパンクと異なり、ごく小さな傷から、ほんの少しずつ、空気がもれてゆくのだ。走れなくなるまでには、しばらく間がある。

ヘアピンの最初のカーブにさしかかった今、残りは三キロあまり、ゴールまであと十五分……いや、十分たらず……だろうか。八割方、ルートを走破した。残りを全力勝負しても、体力や脚力は最後まで保つはずだ。

ホイールトラブルさえなければ。

（スローパンクだとして、あと二十分、全力で走ってもチューブの空気は保ちそうか？）

巻島が考えている間にも、東堂は威勢よくカーブを攻め、流れる泥水を分けて突っこんでゆく。急な登りとはとても思えない速さだ。ママチャリが平坦路を走っているのと、たいして変わらない速度だろう。

カーブの木立に東堂の姿が隠れるほど、離された。路面の泥水に東堂の残す轍も、跡形なく消えている。

東堂を追い、ダンシングをするたび、わずかずつ、ホイールが重くなる。後ろへ引っぱられているように、路面に貼りついてゆくような……。

思うように進まない。まだ、東堂には気づかれない程度の、わずかな違いだが。

(間違いない、スローパンクだ。こんな勝負どきに……ウソだろ⁇)

空気圧の足りないタイヤでの激しいダンシングは、思いがけないふらつきを生むし、パンクを加速しかねない。ダンシングの角度の大きい巻島なら、なおさらだ。そして、この滑りやすい濡れた道。悪条件が重なっていた。

転倒して、絶壁の崖下へでも投げだされたら……。

いや、そこまで行かなくとも、そもそも勝負できるスピードが出せるのか？

「チッ……どうするヨ、裕介……」

巻島は己に問うた。

(いくらイレギュラーやアクシデントに強いといっても、パンクとなれば、話は別だ。ここで勝負に乗り、本気出せば、力ずくで登れるが、それでタイヤはイっちまう可能性が高い。それとも、だましだまし、最後までねばるか？　足を溜めてるときの東堂にはついてゆけるだろう

が……けっきょく、ゴールまでに本気の勝負をしたら、そこでバレちまう)

巻島は迷った。

「どうした、巻ちゃん!」

声を張りあげ、東堂が呼んでいる。

「速く来いよ、巻ちゃん! 登れよ、さあ! 寒いのなんて、走れば暖まってくるぜ! この熱い勝負でな‼」

「……くっ……」

今ここで、東堂に応えられない。

(なんで……スローパンクなんだよ……一気に破けりゃ、悔しいけど、それできっぱりおしまいだと言えるショ。でも、なんで、こんな、生殺しなんだ。なんでだよっ)

まだ全力で走ろうと思えば、走れるのだ。このヘアピン連続の上までの、数分くらいは確実に。東堂と勝負もできる。しかし、それはチューブの空気圧が減るのを加速させ、タイヤ周りにかなりのダメージを与え、じきにまともに走れなくなる。

(戸袋のコト、他人事じゃなくなっちまったな)

東堂は自分一人でのゴールなど、認めはしないだろう。二人の間で、勝負とは、ゴールラインまで続くものを指す。

(あいつをがっかりさせたくない、オレだって悔しい……これで勝負を捨てるなんて……でき

ない)

が……それは、最悪の場合だ。

自分が思っているほど、チューブの損傷はひどくないのかもしれない。実際、一踏みごとに空気が抜けて、状態が悪化しているような気がしたのは最初の数十回転だけで、そこからは安定している。

心配するほどのトラブルではないのかも……。

巻島はダンシングをやめてみた。腰をサドルに据え、ギアを軽くして、ペダルをクルクルと回してみる。

大丈夫、異常なく走れる。シッティングで普通に走るのなら、特に影響はなさそうだ。ダンシングでも、本当に必要なときだけに限れば……行けそうだ。

(これなら、ゴールまで、タイヤが保つ可能性はじゅうぶんにあるショ!)

本当に傷は浅いのかもしれない。全部は無理にしても、あと何回かある勝負所のすべてに、タイヤが保ちこたえる可能性もゼロではない。

勝負だってできる。

しかし、そんな楽観的な展開が百パーセントでもないことを、巻島は経験上知っていた。

最悪の事態と、どうにか行ける場合と、けっきょく心配することなかった場合と、いったい、どれが本当なのか、可能性はどのくらいの割合なのか……しかし、今、自転車《バイク》を止め、足を地についてホイールを調べるわけにはいかない。

それでは、真っ向勝負にならなくなるのだ。走れないのと同じだ。

逡巡しつつ、巻島はカーブをまた曲がった。曲がるときだけダンシングを試してみる。今度は、空気が抜けてゆくようには感じない。

(思ったよりは、保つかもしれない)

よし、まだ走れそうだ。丁寧にコースを選び、衝撃を少なくすれば。

幸い、まだ路面が濡れてはいても、泥や流れる水は少なくなってきていた。事前に見た映像によれば、この先では道も広くなり、泥や小石も減って、走りやすいはずだ。

――『なァ、このタイヤでどこまで走れると思う?』

戸袋の声が耳の底に蘇る。それに対する己の答えも。

『走ってる限り勝負はできる。勝てないかもしれないが、負けるわけでもねェ』――

巻島は顔を上げた。

(走ってる限り、負けると決まったわけじゃねェ)

これ以上離されたら、東堂が不審に思う。まだ、やつはすぐそこにいる。その背が目に入ったとき……これまでも何度も追いかけた場面が、鮮やかに巻島の脳裏を巡った。

ここぞというとき、東堂と、登る。東堂と争う。

あいつがいるから、オレは、登る。

山頂《ゴール》が欲しかった。いつだって。ずっとそうだった。

あいつと争ってこそ、頂《トップ》が欲しい。

それが、この一年間の巻島だ。自分でもわかっているのだ。

(決めた、行くっショ!)

巻島はペダルを踏みこんで、体を傾けた。

「ショォ!!」

東堂がヘアピンカーブを登る。ふらつきを恐れず、巻島がガードレールからはみ出して落ちんばかりにして、インをついて抜く。二人で次のインを争う。巻島がわずかに先行すれば、東堂が力業で大外から攻めてくる。

横一線に並び、数センチの差で先を争い、ほぼ同時に登りきる。互いを見てどっちが勝ったかと声をかけ合う間もなく、とたんに道は下りとなった。

下ると同時に道幅が広がる。今までは自動車がすれ違うには待避所が必要だったが、ここからは徐行すれば、小型車ならすれ違いが可能だ。

武蔵川はとらえられなかった。下り坂の向こうのカーブに消える。百五十メートルはありそうだ。武蔵川の背を東堂はにらみつけてから、巻島に向き直る。

思いきり走って、力を勝負にぶつけた証拠に、ひどく息を切らせながら、東堂が告げた。額から汗が滴《したた》っている。今日初めて雨ではなく、汗をぬぐったのは、巻島も同じだった。

「ハァ、ハァ、ハァ、まだ勝負はついてない！　ハァ、下るってことは、また、登るわけだ。ハァ、ハァ、ゴールはいつだって山頂だからな！　次の登りで、勝負の続きだ。遅れるなよ、巻ちゃん!!」

熱い息を激しく吐いてフレームに取りつけたボトルを引き抜くと、喉を鳴らして一気に給水をする。口元をぬぐい、巻島を見すえた東堂は、ニヤリ、とした。


重力に引かれるのに任せて、二人は併走し、下り坂を進んだ。

ハァ、ハァ……と、息を整えながら道を下る巻島は、再びリアホイールに不安を感じていた。

(ち……っ、やっぱ、重い。今のヘアピンの勝負で、空気圧が下がってる)

行くと一度は決めたはずだが……同じどうどう巡りの迷いがくり返される。勝負を避けて確実なゴールを目指すか、ゴールできないかもしれないが、勝負所で本気の勝負をするか。

(無理をしなけりゃ、ゴールまで行ける。しかし、勝負所はたぶん、あと三回ある。今のヘアピンと同じレベルでのせめぎあいは……リスクが高過ぎる)

東堂の横顔を、巻島はそっとのぞいた。下りでは空気抵抗を減らすため、体をすくめてうつむき加減になる。あごからも髪の先からも、今かいた汗が落ちている。

「……何かついてるか？」

巻島は急いで目を逸らした。道幅が広がったために木立の陰が路肩へ遠のき、道のセンターを走ると路面に光が反射して、うつむくといっそうまぶしい。

「いや……お互い、雨やら汗やらでびしょ濡れだな、と」

「こういうときもあるさ、巻ちゃん」

「あァ」

(最後《ゴール》まで……東堂《こいつ》と行きたい……ものだ。できるなら)

巻島はもう一度東堂をうかがった。そして目を伏せ、なんとなく尋ねてしまう。

「……どうして、いつもオレを誘う？」

いきなりの質問に思えたのか、東堂が怪訝な声で訊き返した。

「どうして、だと？」

「なんでいつもオレなんだ？」

東堂は目をしばたたいた。ついで、唇をとがらせる。

「当たり前だ。おまえが巻ちゃんだからだ」

巻島が当惑して黙りこむと、東堂は愉快そうになり、ワッハッハッと高笑いする。

「いいか巻ちゃん、こういうのは、感覚だ。理屈じゃない。快感を求めるのに理屈は不要だ。本能に任せたらいい」

「……オレには、さっぱりわからねェ」

「何ッ!?」

東堂が目を剥《む》く。巻島の顔を穴が開きそうなほどにらみ、ガードレールの切れ目がせまったことに気づかない。

「前見ろ、前！」

やべっ、と東堂がハンドルを操作した。音もなくクイッと自転車が曲がり、最小限のルート変更で見事に回避する。

「わからないって、どこがだよ、巻ちゃん！　巻ちゃんは、楽しくないのかよ！　なんにも感じないで、勝負してるのかよ!!」

「わからないショ……どうしておまえなのか、どうして登るのか……けど、これだけは言える――」

なんだか照れくさくなって、言葉を切り、巻島は視線を遠くへ移した。そして改めてつぶやく。

「こんなにもおもしれェことは、他にない」

巻島の答えに、東堂の頬はいくらか紅潮した。

「だろ、巻ちゃん!!　今日、誘ってよかったぜ。ほっとくとおまえ、申し込みを忘れたり、めんどくさくなったり、しかねないからな。電話しないと心配で心配で」

「……おまえは女子か！」

「あのなっ！　そもそも、俺が誰を心配してると思ってんだよ!!　案の定おまえ、俺たちの記念日は忘れてるし」

「だから、女子か！　女か!!　女子か!!!」

全力でツッコみつつ、その記念日とやらにかかってきた電話を、巻島は思い出した。

――『巻ちゃん、五月の最後の日曜日だぞ、忘れたとは言わせないからな』

いきなり東堂から電話がかかってきたのは、先月の半ば……巻島が学校から帰宅して、夕食後にしばし自室でくつろいでいたときだった。

東堂からの電話はいつも、いきなりなのだが。昼夜を問わず、週に二、三回はかけてくる。一番やっかいなのは、授業時間がずれているため、東堂は休み時間でも、巻島はまだ授業中だったりするときだ。

電話を取ったとたん、東堂は『五月の最後の日曜日』とくり返した。

『は？』

『ほら、忘れてる！　だいたい、今日が何の日か、忘れてるだろ』

『……月曜日ショ』

他に何かあったか、と巻島は小首をかしげた。

『一年前、俺がおまえに初勝利を上げた記念日だ！　去年は日曜日だった』

『……はァ』

『はァ、じゃない！　そのとき、俺たちは一勝一敗になり、俺はおまえと戦うことのおもしろさに目覚めた。後から思えば、だが。本当にわかったのは、一勝二敗を二勝二敗とした四戦目、そのとき俺は初めて、おまえを親友《ライバル》と認めた！　それからも戦い続けて、今、俺の七勝六敗だ。十四戦目となる再来週の大会は申しこんだな？　その次の話だよ、十五戦目。申しこみの〆切、今週の金曜日だろ、埼玉の広峯山大会。ほら、五月最後の日曜の』

『あ、あァ』

忘れていたわけではない。迷っていただけだ。もう一つ、同じ日に神奈川である大会と、どちらに東堂が申しこむだろうかと考えていて。

しかし、こちらから尋ねるのもなんとなくシャクだった。

自宅に近い神奈川の大会に、東堂が申しこむ可能性が高いのでは、と予想していた巻島は、問い返した。

『マジで、埼玉でいいのか？』

『どういう意味だ』

『足柄《あしがら》でもあったショ、大会』

『近すぎて、知り尽くしてて、つまらねェ。俺が有利になる。今度のインターハイのように、地元開催でやむを得ない場合はともかくとして、できるだけ平等な条件で戦いたい。だから互いに試走もしない』

『……クハ、そういうことか』

思わず苦笑と吐息がもれた。

『なんだ、文句でもあるのか。それとも余裕か。もちろん申しこんだろうな、巻ちゃん。忘れてたら、今すぐ申しこめ！』

『…………さァ、どうだろ』

『俺は待ってるからな！』

まだ何か言いたそうな東堂の声を耳から離し、巻島は通話を切った。

（それで……埼玉にしたのか……なるほどねェ）

巻島は書架に向かい、空いた棚に置いてあるパソコンを立ち上げた。広峯山ヒルクライム大会を検索し、まだ募集人員に余裕があることを確かめると、申しこみフォームを探して、記入を始めた――。


そうして、今、このレースを二人で競っている。

巻島は視線を道の先に移した。

（グダグダ考えても、パンクが直るわけじゃねェ。東堂《こいつ》と、行けるトコまで、かまわず行くシヨ！）

そう考え、腹をくくったら、気分が晴れてきた。

ゴールまで残り二・五キロ。標高は八百メートルに達している。スタート地点から六百メートル近くの標高差を登っていた。じきにまた、登りが待ちかまえている。

このレース最大の難所、斜度14％の激坂が。

3　二人の約束

レースが残り二・五キロとなった時点で、二股が見えてきた。『ヒルクライムコース　右→』と看板が出ている。

そこを曲がると、いっそう道は広くなり、路面の状態も好転した。乾き始めていて、泥や水飛沫を上げて走らなくてもいい。濡れた路面の反射によるまぶしさも軽減した。

しかし、雲の流れが速い。刹那、陽が射したかと思えば、すぐに曇る。しかも、しだいに陽射しは弱まり、曇りばかりになってきた。

わずかな時間での急な天候の変化に、巻島はちらっと天を仰いだ。

(また灰色の雲が厚くなってきたショ。確かに雨は嫌いじゃない。それでもやっぱ、せっかく晴れたんだ、気分アガると思ったのにヨ)

二股からしばらくは、下り気味に行ってから登りになる。下りの勢いを借りて、登りに弾みをつけることにする。

「キザヤロー、逃げまくってやがる」

車体半分ほど巻島よりも先行しつつ、東堂が唇を噛んだ。

「ゴールまでには絶対に蹴落としてやる。ジャマさせてたまるか」

しかし、くねくねと曲がる道に阻まれて、先頭を走る武蔵川の姿はまだ見えなかった。

「な、巻ちゃん、この先本気で登るから、今のうちに聞いておく」

下り気味の道で、シッティングで軽快にペダルを踏みつつ、前を向いたまま東堂が尋ねる。

本当に元気だ、と巻島は東堂の背を見やった。背筋はすらりと伸びたままで、ぶれもなく、東堂はまるで走り出したばかりのようだ。巻島も、体には問題なかった。

「夏のインターハイ、もちろんトップ争いにからむ気だよな?」

「さァ……うちは王者様とは違うからヨ」

昨年の全国覇者で、今年も神奈川代表の箱根学園は、全国でも実力が抜きん出ている。当然優勝候補の筆頭だ。そして千葉代表は、先日の県予選を勝ち抜いた総北だった。

「何言ってんだ、巻ちゃん。素直じゃないな。箱根の国道一号線の登りが、俺たちの大切な勝負になる。当然そうなると、俺は信じている」

「その前に、いくつかヒルクライム大会、あるショ」

「あるさ。だとしても、インターハイは特別だ!」

「チームで勝手はできねェ」

「俺たち……ハコガクと総北なら、必ず、箱根の坂でトップを争うさ。必ず」

東堂は意地になっているように、巻島には思えた。

「そんなの、おまえのドリームッショ。全国には強ェチーム、たくさんある——」

巻島の言葉を、東堂はさえぎった。

「だったら巻ちゃん！　勝負しなくてもいいのか？　最高の舞台だろ、俺たちの最後のチームレース……俺たちは、三年なんだ。高校最後の大会、インターハイで部活は引退なんだよ。俺は、おまえが、勝負に来ると信じている。箱根の登りで、勝負できると」

東堂は自分の水色とブルーのジャージの、右胸にある箱根の根の字を左手でわしづかみにし、一瞬だけ振り返る。静かだが、強い光を宿した瞳をしていた。

「このジャージを着て、勝負するのが最後なんだ」

前を向いたまま、まっすぐ後ろに右手を伸ばし、東堂は巻島の黄色いジャージを指さす。

「巻ちゃんの総北ジャージと」

続けて己の肩から左袖をなで、袖ごと二の腕を押さえる。

「俺のハコガクジャージ」

高ぶる感情を抑えるかのように一呼吸置いて、東堂は一言一言を噛みしめながら、言い切った。

「この二つが並んで走る、ハコガクと総北の文字が争って道を、坂を駆ける、その最後のレースになるんだ」

かすかに声が震えているような……東堂の背中から感じる強い想いに、巻島はしばらく言葉が出なかった。

「……あ……あァ、そうだ。そのとおりだ……ったショ……」

「なんだよ、その情けない返事。巻ちゃん！　インターハイ、絶対に勝負しよう」

東堂は振り向かない。だからこそ、言葉に、声に、想いがこもっている。

「……そうしてェ。ただ、オレ一人じゃ、できねェことだ」

「金城と田所が、あきらめるものか！　因縁があるだろ、うちと」

「そりゃそうだけど……こっちは選手層が薄くてヨ。先頭争いにからめるかどうか」

「新入部員、いるだろ。かなり見込みのあるヤツが入ったって、噂だ。中学でトップクラスだったとか」

「ああ、今い……企業秘密っショ」

巻島はごまかした。けれど、脳裏には複雑な思いがよぎっていた。

インターハイはチーム戦だ。箱根の登りで、総北唯一のクライマーである巻島は、チームの先頭に立って、メンバー全員を牽引しなくてはならないだろう。実際、金城にはそう告げてある。単独で走ることはできない。

「それは……期待してもいいってことだな？」

「さァ？」

これ以上何を探られても、巻島は答えるつもりがなかった。

（お互い、この学校ジャージで最後のレースか……それでトップを争えたら、そりゃいいショ。けど……二人きりってのは……）

自分の黄色いジャージに、巻島は目を落とした。胸に書かれた「総北高校自転車競技部」の文字。

（期待したいのは、オレだって、同じショ）

しかし、クライマーが……ふと、メガネの男が浮かぶ。登りで、けんめいにペダルを回していた姿が。

（いやいや、ないない。あいつ……クライマーの素質あるけど……その前に、ド素人ショ。駆け引きもペース配分も、まだ何も知らない。まだまだ体力も足りない。いくらオレがいろいろ教えたところで、そんなの基礎。あいつが自分で経験積んで鍛えて……来年には使えるって意味で、オレは期待してんだ。それを、インターハイだと？　インターハイまでなんて、二か月ちょい。とても間に合わねェ。だいたいあいつが出場メンバー六人に入るとは、まだ決まっていない。決めるのは、もうすぐやる合宿だ）

けれど、望みはゼロではない。

あいつは……小野田は、おそろしい速さで成長している。素質も才能も、うらやましいほどだ。教えがいもある。まじめで一途なヤツだ。

けっして、ゼロでは、ない。

そう考えている自分に気づき、巻島は密かに苦笑した。

巻島の思考を、東堂のきっぱりとした声が破った。

「巻ちゃん、坂だ。勝負だ」

助走には短すぎる軽い登りの先に、激坂があった。ゆるやかに数度曲がる、長さ一キロほどの登りだ。仰ぐと、木々の切れ間に人影が一瞬浮かび、カーブの向こうへ消えた。

「見えた、武蔵川だ……抜くしかねェな！　急げ、巻ちゃん!!」

東堂は勇んでペダルを踏む。巻島も奥歯を噛みしめ、従った。


ハッ、ハッ、と軽く息を弾ませ、グイグイと急な登りをダンシングで進む東堂を追って……

東堂の後輪と巻島の前輪が重なるところまで追いつき、巻島がギアを切り替えた瞬間。

「おっ!?」

東堂の上げた声を聞いたときは、もう遅かった。

道を横断する、高さ十センチほどの段差があった。しかも段差の下はえぐれて、やはり十センチほどの溝になっている。

ガガッ、とかなりの衝撃があった。

(ぐっ!!)

巻島の心臓が縮み上がった。

(マジやべェ……!!)

案の定、リアホイールは急に重くなり、まるで何かが取り憑いて、引きずっているかようだ。

(リアが完全にイっちまった。こりゃ、じきにリムだけで走ることになる……)

後輪のパンクが決定的となったことを、巻島は確信した。

チューブから完全に空気が抜けたとしても、そのゴムを貼りつかせたリム——金属の輪だけで走ることは可能だ。後輪はペダルによって回転して、自転車の推進力を生み出している。

後輪がリムだけになっても進めないわけではないが、チューブがなくなった分タイヤの径は小さくなって、ペダル一回転で進める距離が減る。それに弾力が失われるので、摩擦が増えてスピードも乗らない。

(武蔵川を抜くまで、せめてチューブがわずかでも生きててくれりゃいいが)

「巻ちゃん、今のひでェな。不意打ちだった。なんともなかったけど」

「……だな」

東堂はなんともなかった。そのことだけ、巻島は肯定した。

パンクに気づかれないよう、巻島は東堂の真後ろにぴたりとついた。ハァハァと速い呼吸を続けながら、東堂が尋ねる。

「ん？　どうした巻ちゃん？」

「いや……」

「この坂、まさか引いてもらいたいのか？　まだ寒さで冷えたままか？　勝負だって言ったろ!?」

後ろを気にしつつ、東堂が小首をかしげる。視線が合わないように、巻島は顔を軽く伏せた。

激しい坂に息を切らしつつ、東堂が語りかける。

「ハァ、ハァ、巻ちゃん、せっかく道も乾いてきたんだ、もっとガンガン来いよ」

「そうだな」

巻島の呼吸も速い。ハッ、ハッ、ハッ、次第に速まってゆく。

「残りわずかってのに、まだ、あのうざいヤツが、前にいるんだぞ。ハァ、ハァ、早く蹴落として、俺たち二人の勝負をするんだ」

「わかった」

シューズからまだ染み出す水を踏みつけるようにして、荒い呼吸をしながら、巻島はペダルを回した。気のせいか、車体が軋む音がしたようだ。無理をしていると実感した。

（……無理なんかじゃない。まだ、行ける。まだ）

ホイールが一段と重くなるのを実感しつつ、まずカーブを一つ曲がる。

「ハァ……ハァ……、オイ、いたぞ」

東堂が片手を掲げ、道の先を示した。激坂の半ばまで来たとき、ライトグリーンのジャージが思いがけず近く、十数メートルほど先にはっきりと見えた。

「行くぜ、巻ちゃん！」

東堂が逸って飛び出してゆく。巻島も追った。が、もう、巻島の体に伝わるホイールのダメージは、この勝負に耐え得るかどうか、危うかった。

（くそっ、重い！　滑る……っ）

けれど……ここで負けるわけにはいかないのだ。ここまで来たら……東堂とゴールを争いたい。

最後のレースが近い、東堂の口からそう聞いたら、一つでもレースが惜しくなった。巻島は一度唇を噛んでから、けんめいにペダルを踏んだ。

しかし、東堂との距離はみるみる開いていった。


巻ちゃんがついてこない!?

後ろを走る気配が遠ざかったので、東堂は焦って振り返ろうとした。

しかし、ライトグリーンの細身の男、武蔵川はすぐそこだ。数メートル、この急な坂であと何度か踏みこめば、手が届く。当然相手も東堂の接近に気づいている。目を離した隙にまた、するりと逃げてしまいそうだった。

（今度こそ、俺がこいつの息の根止めてやる。巻ちゃん、早く来いっ）

東堂は気配を殺して、得意の追い抜きをかけた。

まだまだ登坂の力は残っている。スッと、車体半分先行した東堂に、武蔵川が流し目で声をかけてくる。

「巻島はちぎれたようだね。ゴールまであと二キロを残すのみだ。もはや、巻島は追いつけやしない。さあ東堂、このレースはボクとの戦いだと、認めたらどうかな」

東堂は奥歯をギリリと鳴らし、武蔵川をにらんだ。武蔵川はけんめいに笑みを作っているが、肩が大きく上下し、ハァハァと息が弾んでいた。

こいつもぎりぎりいっぱいか、と気づき、東堂は不意におかしくなった。ハァハァと速くなりたがる呼吸を、抑えつけるようにして息を深く吸い、胸を張り、笑ってみせる。

「ワッハッハッハッ、何を言っている。巻ちゃんは必ず来る」

ここは坂だ。しゃべるのもきつい、急な登りだ。だが、余裕を相手に見せつけるために、わざと話しかける。無理を承知で。

苦しげに武蔵川は息を継いだ。そして、とぎれとぎれに言葉を繋ぐ。

「仲良しこよしは、美しいね。だが、クライマーは孤独だと、ボクに言ったのは、その巻島だ」

指を二本、東堂は武蔵川の目の前に突きだした。荒い呼吸をしながら、武蔵川が形のよい眉をひそめる。東堂も息を弾ませながらも、一気にしゃべった。

「孤独には、種類が二つある。誰も信じられないし、誰からも信じてもらえない絶望的な孤独と、互いに相手を信じるから耐えられる孤独とがあってね。おそらくおまえは、一つしか知らないようだな」

坂を登る。登りながらも、東堂はニヤリと笑って、左胸に片手を当てた。激しく脈打つ心臓の上に。

「俺たちは、二つ目を知っている。ハートで、知《こ》っ《こ》ているのだよ。そうだね、確かに、クライマーは孤独だ」

息を継ぐ。苦しい、だが、ここでどうしても言いたいことがある。

「クライムはけっきょく、自分との戦いだ。山頂《ゴール》を真っ先にくぐり、勝利を得る者は、常にただ一人さ」

武蔵川には答える余裕がなさそうだ。ここはルートで一番の難所、自分の山と言い切る武蔵川も、ここを全力で登るのは、苦しいのだ。

東堂は、さらに息を継いで、続けた。

「戦友を得たとしても、争い合うから速くなるとしても……それは結果だ。幸いな結果であって、初めからそれを求めたり、目的にするモンじゃない」

もう、一呼吸置いて。

「けれど、幸いな結果を、俺たちは得たんだ。運の良いことに」

東堂の長広舌《ちょうこうぜつ》に、武蔵川はいらだったようだ。白皙《はくせき》のこめかみに青筋が浮かんだ。

「ハァ、ハァ、理屈など、どうにでもこねられる。希望など、どうにでも抱ける。ハァ、ハァ、だが、事実は一つしか存在しない」

車体を押さえるようにハンドルに腕を立て、武蔵川は息を整えた。ペダルを踏みこみながら、言い放つ。

「このレースは、ボクのものだということだ」

武蔵川は大げさに言い放ったが、もう、身振りを添える余裕はないようだった。代わりに、ペダルを回す速度が上がる。東堂も負けじと車体を前に出し、相手の進路を阻んだ。

互いの熱い息が、宙に吐きだされる。

歯噛みして、武蔵川が東堂をちぎろうとする。しかし、東堂はハンドルやホイールをぶつけてでも、武蔵川を阻止した。

「ハァ、ハァ、東堂、巻島はもう、来ないぞ。落ちた。ちぎれたんだ」

その言葉を、東堂は負け惜しみととらえた。

「クライムのゴールの前に、俺がいて、巻ちゃんがいない、なんてことはあり得ない」

全身に酸素を送り、筋肉を動かし、苦しくとも息を継いで、東堂は、きっぱりと、信じるところを告げる。

「巻ちゃんは来る。二人でゴールを目指すために。二人でゴールを争うために」

自信たっぷりの東堂に、武蔵川の焦りの色が濃くなった。色白の頬が赤く上気している。東堂の言葉に煽られ、ハァハァ、ハァハァ、と息を切らし、ゴクッと喉を鳴らしつつ、しきりに後ろを振り向く。

東堂は振り向かなかった。ハッ、ハッ、ハッと速い呼吸をしつつ、それでも黙らない。

「巻ちゃんは来る。おまえが恐れているのは、俺よりも、悪路やイレギュラーに強い、巻ちゃんだ。違うか？」

「……来ない。東堂、気づいてないのか。巻島、あいつは――」

勝ち誇ったように、武蔵川が唇をゆがめて笑ったとき、坂の下のカーブの向こうから、大きく車体を左右に揺する姿が、浮かび上がってきた。

武蔵川が息を呑み、東堂は安堵しつつ、振り返った。

大きく揺れる髪から汗が弾け、体が揺れるたびに、グン、と前進する。登ってくる。姿がどんどん大きくなってくる。

「ほらな」

東堂は大きく胸を張り、迎え入れるために腕を巻島へさしのべた。

「そんな……バカな」

武蔵川が目を剥《む》いた。

「巻ちゃん、遅い、何やってたんだ」

「ハァ……ハァ……ハァ……あァ、グラビアが、道ばたに落ちてて、つい」

息を切らしながらもとぼけた表情で応え、片頰をゆるめて口角をわずかに上げた——笑ってみせたつもりだろう巻島に、東堂は大笑いした。

「ワッハッハッハッ、余裕だな、巻ちゃん。このキザヤローを焦らせようって心理作戦だな。わかっている。わかっているよ」

信じていたとおり、巻島が追いついてきた。疲れたのでも、体が冷えて動かなくなったのでもない。まだまだ走れるのだと、東堂は信じていた。

この激坂を、巻島は遅れず登ってきた。

何を考えているのか傍目《はため》にわかりにくい、この表情に乏しい緑の髪の男が、難所で自分に追いついて笑ってみせたことが、東堂はとにかくうれしかった。胸の奥がジンジンと熱くなった。

激坂はあと三百メートルほど、残っている。

そして——。

雨がまた降り始めた。いきなりの雨だった。音を立てて、大粒の雨が勢いよく、天から降り注いできた。

男たちの熱い体が、雨をかぶる。

突然強く降り出した雨が、乾きかけていた路面を、再度黒く濡らしてゆく。巻島の腕を、背を、腿を、車体を、雨が叩く。

雨に打たれてバタバタバタバタッと全身から音が鳴り、雫が踊る。森の木々も路面も、周囲全体が響きを上げた。

(また降ってきたか。レースもあと少し、気にはならねェ。……が)

二人に追いついた巻島は、この坂で東堂が武蔵川を追い越していなかったことに、内心ため息をついた。つい、東堂に文句を言ってしまう。

「ハァ、ハァ……わざわざ足止めしてなくても、黙って追い抜いて先に行けば、同じことショ。オレたちは、誰よりも速く走ればいいだけのこと」

武蔵川が、カチン、と来たようで、巻島をにらんだ。荒い息ながら、まくしたてる。

「ハァ……ハァ……その醒《さ》めた態度、人をバカにしたような口ぶり。巻島、ボクはそれが気にいらないんだよ。ハァ……ハァ……ハァ……まだわからないのなら、この山じゃボクにかなわないということを、本気で証明しようじゃないか。あとで吠え面かくなよ」

歯を食いしばった武蔵川が一踏み、二踏みすると、フッと、姿が見えなくなった。

「何ィっ!?」

東堂があっけにとられた。

「あのヤロー、もう限界だったんじゃ……」

「地面に倒れこむまで、限界だなんて、わからないショ。自分自身も、まして他人はヨ」

うなずいた東堂が真剣な表情になり、頬を両手で叩いて気合いを入れる。雨と汗の混じっている雫が飛び散った。

このあたり、路肩の樹木が大きく張り出し、枝が低い天井を作っている。

まるで緑のトンネル——その緑に、ライトグリーンのジャージの武蔵川は姿を溶けこませたのだ。

「ハア、ハア……ちっ、あいつ忍者だな、まるで」

東堂がもらす。いや、他人のことは言えないショ、と巻島は思ったが、口にはしないでおいた。森の忍者と東堂は陰で呼ばれているが、本人はあくまでも「眠れる森の美形《スリーピングビューティー》」なのだ。

「姑息な手には乗らんよ」

東堂が追撃を開始する。巻島も追った。負けたくはない。東堂との最後の勝負が近い。なら、残りすべての勝負を楽しみたい。

二人の勝負は、永遠に続くものではなかったのだと知ったから。

もう、後ろのタイヤはほとんど空気がない。重く、不安定な走りになる。それでも、もう、迷ったりしない。

ここで、勝負を捨てたくはない。

坂を登り、東堂がたちまち追いつき、武蔵川を抜こうとする。

しかし今度は、先ほどとは逆に、武蔵川から進路を妨害された。強引な妨害に、衝突を避けた東堂のフロントがスリップした。濡れた路面のせいだ。

「うォ！」

スリップしたホイールは、東堂なら軽く避けられるはずの、わずかな路面のくぼみに引っかかる。それだけでも、美しい東堂の走りが乱れ、姿勢がぶれた。

かなり苦しそうだが、武蔵川は不敵な表情を浮かべた。

「ハッ……ハッ……ハァハァ……ボクはこの道の、すべてのくぼみの、位置も、広さも、深さも、ハァ、ハァ、知り尽くしているのだ。試走もしたかどうかの、あんたたちが……ハァ……ハァ……かないっこないんだよ、コース取りで」

「ぐっ!!」

悔しげに息を呑み、東堂は意地になって抜きにかかった。そのたびにホイールをくぼみに引っかけられ、一瞬の隙を突かれて突き放される。

「くそっ」

東堂の息もハァハァと苦しげだ。

やはり息を弾ませ、登坂に力を尽くしつつも、巻島は後ろから冷静な目で観察していた。

（武蔵川を意識して、抜こう、競ろうとするから、作戦に引っかかるんショ。ま、やられたオレが偉そうに言えることじゃないけどヨ。自分のペースで踏み、自分の好きなコース取りで登

ってゆく、それがヒルクライムのはず。武蔵川はそこらに転がってるでかい石ころだと、思やいい)

けれどこの距離では、それを言葉で東堂に伝えられない。武蔵川との距離が近すぎるのだ。

(走りで見せるしかねェな。けど、このタイヤの状態で……バカ、迷わないと、決めたはずだ)

行け!

体を傾け、巻島はペダルを思いきり踏んだ。不安定なホイールを濡れた路面に取られて、滑るのもいとわない。がむしゃらに前進する。

あえぐ。心臓が痛い。脚がつらい。だが、どんどん気分が高揚してゆく。どんな力でも出せそうな気がする。

右の東堂に気を取られた武蔵川を、巻島は左から抜く。車体一つ半ほどリードしたが、武蔵川は負けじと進み出て、また、フッ、と姿を消した。

「は!?」

「巻ちゃん! 壁だ!」

東堂の叫びで、巻島は突きだした岩盤の壁をぎりぎりでよけた。

紙一重……髪が何本か、ざらついた苔にからんでむしりとられる。びっしりと緑に苔むしていて、顔を上げると目に入る雨で視界が狭くなりがちなことと重なり、岩盤と手前の茂みとの区別がつかなかった。茂みなら、多少突っこんだところで突破できるが、岩盤では大ケガをしてしまう。

当然、びびったせいで、武蔵川には置いてゆかれた。

「くっそ」

もう一度トライし、やつの背中に迫るが、路肩を攻めて抜こうとしたら、張り出した枝が急に視野に飛びこんできた。枝から頭をひっこめ、下を向いている隙に、また武蔵川を見失った。

「ハァ……ハァ……わかったか……ボクはこの山と、一体化しているのだ！」

道の先、樹木の間から、武蔵川の声が響いてくる。武蔵川はこの山の地形と自然すべてを、自分の味方とし、力に変えているのだ。ようやく、二人も悟った。

走る。張り出した枝の陰だけに加え、しのつく雨で薄暗くなってきた風景の中を、走る。

ハァハァ、ハァハァ、ハァ、ハァ、呼吸が速くなる。ヘルメットの下で、こめかみの脈動が高鳴る。

しかし、武蔵川をとらえられない。

「ヤローっ!!」

とうとう激坂を登り切った。

だが……まだ二人きりの勝負にはたどりつけていない。

最大の難所を登り切ったからといって、楽になるわけではなかった。まだまだそれなりの登り坂なのだ、ゴールまで、ずっと。

「この山の主……か」

ハッハッと呼吸を整えながら、巻島がつぶやくと、東堂が愉快そうに応じた。ハイになっているようだ。

「ハァ、ハァ、たまには、歯ごたえのあるやつがいると、目先が変わるってもんだ。ゾクゾクするぜ」

「ほォ、ものは言いようだな」

そう言われて、東堂が焦る。巻島に、負け惜しみととられたくないようだ。

と思いきや。

「巻ちゃん、おまえとの勝負に飽きたわけじゃないからなっ。わかってると思うがっ」

「そこかよ……」

「勝負を刺激的にするスパイスって意味だ。スパイスは、コースの険《けわ》しさだけじゃねェって、思い出したぜ」

舌なめずりをして、東堂はペダルを回しつつ、顔を濡らす雨をグローブで拭う。

「レースってのは、やっぱ、一人二人じゃ作れないモンだよな。勝負は二人でできるが、レースは作れねェ。団体戦はもちろん、個人戦でもだ」

「違いねェ」

二人はうなずき合った。呼吸を合わせ、ペダルを踏む。武蔵川をとらえるために。

「もうびびんなよ、巻ちゃん！」

「そっちこそ、コケんじゃねェぞ」

「誰に言ってんだよ。俺は山神と呼ばれる男だ！　どんな山道も制覇する。悪路も難路も、どの山だろうが、山の道はすべて!!」

武蔵川はカーブの先にいた。雨が溜まり、水が流れ始めた路面に武蔵川が引く轍は、わずかなくぼみ、転がる小石の一つ一つさえも、見事に避けている。

張り出した緑の木の枝が、武蔵川のために脇へ退くように思える。坂が、武蔵川のためにゆるやかに変わるようにも感じる。武蔵川が通り過ぎると、緑の枝は今度は門扉に変わって堅く行く手を閉ざし、坂は急傾斜に跳ね上がって、後続を断つかのようだ。

武蔵川は思うままにこの山を操っている……そんな幻想に囚われる。

東堂がうなった。

「うゥむ……山が、ヤツのために道を空けてるみたいだ。この山が魔物に思えてくる」

ありふれた山を恐ろしいものに見せる、武蔵川の地の利、何千回という走りこみ……それほどの敵でも、恐れていては、二人でのトップ争いの勝負には進めない。

「確かに、山は魔物っショ」

わずかに眉をひそめて、巻島は言い捨てた。

「山を征服したと、自分の思うままになると思って、調子に乗る。そいつらが果たして、山頂を奪ったことがあったか？　みんな、足をなくして失速した。調子に乗り、山を、道を、坂を、他の選手をナメたヤツは、どうなった？」

腕を広げて肩をすくめ、巻島は断言する。

「みんな、山の罠にかかった。山頂を真っ先に踏むのを、山の意志に拒まれたかのように、下位に沈んだ。だから、山は魔物なんだよ」

目を見開き、東堂が勢いこむ。

「違いねェ！　巻ちゃん!!　だが、俺たちは、恐れない」

グッとブラケットを握る。

「気高く誇り高く、そして山を尊敬していなければ、俺は山神とは名乗らんよ」

「そうだ」

巻島と東堂はうなずき合った。

「オレが、ヤツの気を引く」

そう、巻島は東堂に告げた。

「あ？　俺に先に行けと？　じゃ、おまえはどうすんだ」

「……わかってるショ？」

巻島がさらりと言うと、東堂は愉快そうに笑った。

「当然だ」

東堂が後ろに下がった。同じタイミングで巻島は、隙あらば抜こうと武蔵川の後ろをうるさくつきまとい出す。うるさそうに武蔵川が眉をひそめた。武蔵川の呼吸が荒い。

「ハァ、ハァ、巻島？　東堂はもうあきらめたのか。ハァ、ハァ、山神の名が泣くぞ」

「さァな。あいつのことは知らねェ。オレはオレで、行かせてもらってるだけヨ。あいつがたまたまそこにいたってだけサ」

「本当か？　ハァ、ハァ、仲良しこよしだろう？」

また武蔵川が疑いの目になる。

「またそれを言う。コンビ扱いするなショ。オレは言ったはずだ、山登るヤツはいつも孤独な一匹狼さ。争うことはあっても、馴れ合うことはない。違うか？」

応える代わりに、武蔵川はペダルを回す。巻島もその横で、けんめいに登った。リムだけで走っているので、車体の走行音が変わってしまっているはずだ。しかし激しい雨音と、ホイールの立てる水飛沫《みずしぶき》の音のおかげで、ごまかせている。

気を引く、などと東堂には言ったが、巻島は本気だった。本気で武蔵川を抜く気で走った。このタイヤの状態でなければ、もっとすばやく抜けたかもしれない。しかし、がむしゃらで走っても、抜き去れない、今は。

（こいつを気にするな。オレはオレの開く道を進め）

巻島が抜こうとするたび、武蔵川はさまざまに仕掛けてくる。

誘うと見せて不意にスピードを上げ、巻島がつられると、いきなり傾斜が変わり、ギアの切り替えの早かった武蔵川が一歩先んじている。巻島がインから隙を突くと、すぐに逆へ道が曲がっていたため、インのつもりがアウトを大きく回らされて、武蔵川に置いてゆかれる。

何をやっても、この道での武蔵川の経験には、かなわない。

だが……各地で山を走ってきた、数多く違う道を走ってきた、ということでは、どうだろうか。

（オレにだって、経験値はそれなりにあるショォ！）

巻島が急傾斜を力押しし、武蔵川がこの先に備えたのか、わずかに足をゆるめたとき。

「は……あァっ!?　と……東堂??　い、いつの間に」

数メートル先に、東堂がいた。

「ハァ、ハァ、ハァ、気づかなかった……音がしなかった。水音さえも」

武蔵川がうめく。

「ワッハッハッハッ、これが『眠れる森の美形《スリーピングビューティー》』の真骨頂、草木も眠るスリーピングクライムだ。どこの、誰の山だろうと、すべての山の草木を眠らせる」

東堂がノリノリで名乗っている間に巻島は、足もとにちらっと視線を落とした。そして、ハデなダンシングで水を蹴立ててみせた。

泥水の波が武蔵川のホイールに押し寄せ、それを踏んで、大きめの水音が上がる。武蔵川の後輪から盛大に水飛沫も立つ。

自分の撥ねた冷たい水飛沫が背中にバシャッとかかったので、武蔵川が首をすくめたとき、東堂の姿が消えた。……いや、気づけば、十メートルあまりも先にいたのだ。

「ワッハハッハッハッハッ」

高笑いする東堂を目にした武蔵川の顔色が白く変わった。

「くウゥウウウウ!!」

火が噴かんばかりの目で巻島をにらみつけ、大きく息を吸いこむと、武蔵川がペダルをぶん回す。その勢いでチェーンがこすれて、火花が散りそうだった。

武蔵川が追う。東堂が逃げる。滑るように逃げてゆく。巻島は武蔵川を牽引役として利用し、ひそかについてゆく。

サドルから伝わる振動で、もう後輪はリムだけで走っているとわかった。空気が完全に抜けきってしまったのだ。ホイールの立てる音も違っているだろうが、アタマに血が上った武蔵川には気がつかれていないようだ。

「東堂……っ」

武蔵川が東堂を追うので必死だ。汗とも雨ともつかない雫を、髪から、顔から、いや全身からまき散らし、あたりに目もくれず、まっすぐ東堂の背を追う。足もちぎれろとばかりに、ペダルを回す。

「待てェェ!!」

「待たんね。ゴールが俺を待っているのでね。待つという言葉は、そういう意味で使うものだよ」

「ヤローっ」

しなやかに体躯を使う東堂の逃げは鋭い。武蔵川が追っても追っても、地力の違いを見せつける。武蔵川がコースを熟知していたとしても、目の前をちらつく相手に視線を奪われ、注意を逸らされる。

「ワッハッハッハッ、これが山神の走りだ。とくと見ておくがいい」

「ざけんなっ、この山は、ボクの山だっ!!」

武蔵川が絶叫した。振り返った東堂は、静かな目になった。

「おまえはいつも、走ってきた。この山を何千回も。たしかに強い。だが一人だ。それを、力の拮抗する誰かと、二人で走ればもっと速くなっていたかもしれないな」

諭して、東堂が大きなカーブで、見事にムダのないなだらかなコース取りをする。

追走していった巻島はそのカーブで、ガードレールから身を乗り出すようにしてダンシングし、インをついて武蔵川を抜き去った。

東堂のコース取りのおかげだった。頭に血が上った武蔵川に、隙ができていた。東堂に近づきすぎた武蔵川は、自身本来のコース取りから外れて、インに隙を空けてしまった。

「じゃ、オレもお先に」

「あァァっっ!! 巻島まで!」

巻島は東堂に追いつくと、二人並んで逃げた。

「ハァ、ハァハァ、東堂! 巻島! ハァハァ、ハァハァ、ハァハァ、てめーら、ハァハァ、ハァ、よくも……やっぱり組んでいたなっ」

全力を出し切ったのか苦しそうに肩で息をして、端整な顔立ちをゆがめ、武蔵川が歯ぎしりして悔しがる。

「さァ?」

「それはどうかな。こいつは」

巻島と東堂は、互いを指さした。声がそろう。

「「敵だ!」」

争う相手がいるから、速くなる。争う相手がいるから、速くなりたいと思う。どこの道でも、どこの山でも、関係なく。

すべての道で。すべての山で。

速くなりたい。

相手よりも先に、山頂《ゴール》へ届きたい。


武蔵川を抜き去った勢いのまま、二人は何一つ言葉で確かめ合おうともせず、無言でそのまま二人きりの勝負へとなだれこんだ。

目と目を見交わしただけで。

すべてが伝わった。

登りが続く。残った力を振り絞る。

ハァハァハァハァ、前進する力を求めれば求めるほど速くなる呼吸、速くなる脈動、熱くなる体、巡る血液、伸縮する筋肉。

ペダルを回す。ペダルを踏み込こみ、引き上げ、また踏みこむ。

ゴールまであと一キロと少し。時間にして五分もないだろうけれど、熱くて、とてつもなく長く感じる全力勝負の刻《とき》が、やっと訪れた。

二人きりの、真剣勝負。一騎打ち。

ゴールを奪うため。

ペダルを踏む。心臓をポンプする。腿の筋肉に鞭打つ。

坂を登る。

二人で争う。競い合う。

背筋を伸ばし、上体が地面と平行になった姿勢でしなやかに美しく、筋肉をかすかに波打たせて、ムダな動きも音もなく、まっすぐに登る東堂。

細く長い手足を自在に操り、倒れんばかりに自転車を傾け、ペダルで路面をこすりそうになって、左右に揺れながら、弾むように登る巻島。

対照的な二人が、競い合って坂を登ってゆく。

坂のてっぺんのゴールを目指して。


登り坂の傾斜は、もうさほど激しくなかった。全力で、まるで平坦路のようにペダルを回す。空気抵抗に逆らい、疲れた体を奮い立たせ、自転車《バイク》を走らせる。

坂を登る。

二人で。

どちらが先に、一センチでも先に、コンマ一秒でも早く、山頂《ゴール》に着くか。

緑のトンネルを出ると、雨がいっそう激しくなった。頬を伝って唇を濡らす雨が、呼吸とともに口に流れこむ。全身を大粒の雨が叩く。

（気持ちいい！　熱くほてった体に、雨が心地いい）

興奮に襲われ、巻島は歓喜していた。

走れる。まだホイールは回っている。迷いはすべてふっきれた。

(行ける……行けるぞ。重いけど、まだ行ける。足は大丈夫だ。回せる。走りきれる。クハ‼

リムでの走りも慣れてきた)

不安定なタイヤでふらつかないよう、ペダリングに意識を置いて登ることに、巻島は集中した。こんな状態でも、東堂についていっている。最後まで粘れば、あきらめかけた勝ち目も、見えてくる。

(まだ、行ける！　走れる！)

雨が頬を叩くのも、腿を濡らすのも、感じなくなった。

東堂が自分の横にいる。そのことだけを感じている。

(こいつと、行ける‼)

まだまだ登りは続く。てっぺんまで続く。

東堂がカーブのインを狙い、巻島が大外から意地で追う。

巻島がインに入ると、東堂が外から差してくる。

巻島の頭の中には、前進することしかなかった。東堂を意識し、東堂と争い、そして東堂よりも速く、ペダルを踏んで前進する。

(ここまで来たんだ。最後まで争いたい、東堂と！　進め、進め、走れ、走れ走れ、もう、何もかも壊れたっていいから、ゴールまで走ればいいから、走る、回す、踏む‼

踏む、踏む、踏む‼)

直線でのデッドヒート……どんどん呼吸が速く浅くなる。けれど体は熱く、意識は冴え渡り、全身が高揚感で沸き立っている。

（疲れているはずなのに、感じない。まだまだ行ける。オレはもっともっと速くなれる。リムだけになったって登れる、上に行ける!!）

巻島は自分の呼吸が苦しいことも忘れかけた。もっと速くなれるという衝動だけが、脚を回し、心臓を打たせ、気持ちを突き動かす。

もっと速く、もっと激しく、上を目指せ。己を天に近い場所へと運べ。

相手《ライバル》よりも速く。

感覚を研ぎ澄ませれば、相手の荒い呼吸が耳朶を打つのがわかる。相手の体熱を肌で感じられる。

すぐそばに、もっと速くなろうとしているヤツが、もう一人いる。どんなに振り切ろうと、てっぺんまで、オレの隣で走るやつ、追いつき、追い越し、また追い越されて争い、オレを駆り立てるヤツ。

こいつがいるから、こいつよりも速く、オレはこの坂を、登る！

急坂の先が、開けた。

雨はいっそう激しく、幕のようになって降る。

東堂が勝負をかけてきた。すばやくギアを変え、引き離しにかかる。巻島も冷静にスピードを上げた。

今走っているこの坂からが、もう既に勝負所に入っている。だらだらとゆるく登り続けていても、足を休める時間はもうない。最後に待つ急坂の予告だから——。

(オレの勝負所はここからだ、東堂！)

巻島は、さらに体を、思いを熱くする。ペダルを踏む。

右側がブロック擁壁、左は崖だった。

相手を抜き去るため、併走する東堂のラインに、巻島は五センチだけ、擁壁側へ車体を寄せなくてはならなかった。

ハンドルをきっちり五センチ操作し、車体が動いた、そのとき……路面の水の流れで転がってくる小石が、巻島の視界に飛びこんできた。

どうしてこんなにも……はっきり見えたのだろう。小さな小さな小石が——

(うっ!!)

息を詰め、巻島はハンドルを回避操作した。が……、コントロールの悪くなっていた不完全な車体では、避けきれなかった。

ガクン！

つんのめる。

前タイヤから、力が急激に失われた。

数メートル、よろめいて進み、スピードが急激に落ち、倒れこむように自転車《バイク》が止まった。

（あァァ……っ!!）

片足のクリートが外れ、つま先が地面に着く。

つま先は、降り出した雨が新しく作った水たまりに、波紋を作って浸った。


なぜ。

巻島の脳裏には、まずその言葉が浮かび、すぐには消えなかった。

なぜ……。

どうして、ここで、運が尽きる。

もう、走れなくなってしまうのか……オレは。

望みを捨てず……いや、どこかで事態をまだ理解しきれず、クリートをはめて、ペダルを踏んでみる。

ダメだった。前輪が一気にやられていた。

もう、登ることはできない。

（ウソ……だろ？　ウソ……だよな？）

しかし、現実だった。

巻島の全身から力が抜けた。

ホイールを激しく回転させる音が途絶えたためか、進み続ける東堂が叫ぶ。

「来いよ、巻ちゃん。最後のきつい坂だ。ゴール前がゆるいから、勝負はここからが――」

しかし、巻島は何も答えることができなかった。両足のクリートをペダルから外し、地面に立つ。

自転車《バイク》が、完全に停止した。

後方で足を着いた巻島に気づき、東堂も自転車《バイク》を止めて、振り返った。

「何を――」

「パンクッショ」

皆まで尋ねられる前に、巻島は白状した。もう、走れない。だから隠しきれない。あきらめが襲う。

巻島の言葉に、東堂が眉根をしかめた。信じられない、と言った顔だ。

「パンク……だと？」

雨が路面を激しく叩いている。こうやって見ると、本当にひどい雨だ、と巻島は思った。次第に気持ちも冷えてゆく。

巻島のホイールに視線をやり、東堂は絶望的な瞳になった。

しばらく、二人は無言で顔を見合わせ、雨に打たれていた。

どれほどの時間だったのか……数秒だったのだとは思う。しかし、巻島には、長い時間だった。

不意に東堂が顔を起こした。怒りの表情だ。勝負のクライマックスに水を差されて、東堂がいきり立つ。

「何やってんだよ！　ゴールはすぐそこだ。リムで走れ！　なんとか進むだろ」

巻島はかぶりを振った。

ヘルメットの縁から雫が散る。

「無理だ。さっきまでそれやってて、今度は前タイヤがイっちまった。前後パンクだ」

両輪パンク、しかも前輪は一気に弾けた。これで走れば、ホイールがゆがむ。そして、あっという間にまったく走れなくなるのだ。

前後……パンク……とつぶやいて、あっけにとられていた東堂が、事態を正確に理解して黙りこんだ。

うつむき、無言の二人の間に、冷たい雨が降りしきる。

こんなにも、雨に濡れたジャージは、重かっただろうか……と、巻島は思った。

地にうずくまってしまいたいほど、重い。

突然東堂が自分の腿を殴った。バシッと鈍い音がした。

「くそっ!!」

巻島をにらみつける。

「せっかく、勝負がつく絶好のレースだったんだ。お互いにコンディションは完璧だったろ！　あんなに何度も電話して、確認したろ！」

「パンクは運みたいなもんだ。しょうがないショ」

巻島は肩を小さくすくめた。

「行け。優勝はおまえのモンだ」

東堂が歯ぎしりする。腿をつかんだ手が震えている。言いたいことがたくさんありそうだが、東堂はぎりぎりで飲みくだしたようだ。

巻島が感情を見せないから、何をわめいても自分がバカみたいになるだけだと、悟ったのだろう。

「……後続来るぞ」

東堂はまだ、巻島にレースを捨てさせはしなかった。せめて、完走しろと促す。

しかし、そこまでホイールが保たないと、巻島はわかっていた。東堂も感情が現実に追いついていないだけだ。

「心配すんなヨオ。オレはグラビアでも見て、ここで回収車を待つさ」

最後尾の回収車を。

レースにグラビア雑誌なんか、持ってきているはずがない。

こんなくだらないジョークに、東堂がせめて笑って、あきれてくれたら。あきれて、あきらめてくれたら……。

巻島はポーカーフェイスを作った。苦しさも悲しみも情けなさも、絶対に見せない。見せたら、こいつまで苦しくなるだろうから。

気にせず、優勝の栄誉を受け取ってもらいたい。

東堂は静かな瞳になった。冷静さを取り戻したようだ。

「そうか……俺より、おまえの方が、悔しいだろうな」

ペダルに足を載せる。

「この優勝はカウントしねェぞ！　いいか、次が勝負だ。夏のインターハイで」

クリートを嵌《は》めて走り出し、唇を噛みしめながら振り返った東堂は、巻島に向けて指を高く掲げた。

「そんときが、俺たちの決着のステージだ!!」

自転車《バイク》を一気に走らせ、もう振り返らずに東堂は去った。

(そうだな……インターハイで。最後の、このジャージでの勝負で)

巻島は自分のジャージの胸をつかんだ。

（オレたちの、最後のレースで）

「了解だ」

遠くにかすむ東堂の背に、告げる。

東堂の姿が、雨にけぶるカーブの向こうへ消えた。

（初めて約束をした。それまで、闘う約束なんて、したことがなかった。おまえは常にオレの前か後ろにいて、競ってきたから）

初めて、巻島は、東堂と、約束をした。


雨にけぶる、ゴールラインがあることを示す横断幕が、東堂の目に入った。

あっけない幕切れだった。

山頂にあるキャンプ場の駐車スペースが、この広峯山ヒルクライムレースのゴールだ。自動車が二十台は止められる、山頂という割には広めの空間に、係員の詰める白いテントがいくつか並んで張られていた。背の高い木々が、駐車スペースを囲んでいる。

駐車スペースの向こうには、水場や東屋《あずまや》、トイレらしいブロックを積んだ小さな建物があった。キャンプ場は尾根を歩いてほんの少しだけ下るらしく、ここからは見えない。

道路が駐車スペースに接続する、その境がゴールラインとなっている。路面に白く細いテープが貼られていた。この白線を前輪が踏んだ瞬間が、ゴールだ。

ゴールラインの手前には、何十名という観客が待ちかまえている。多くが選手の家族たちだろう。

その中に、東堂の親衛隊である女子たちが十数名、片手に傘をさし、片手に応援旗を持って、ゴール直前に勢揃いしていた。なんとも熱心なおっかけだ。

「きゃーっ、東堂さまァっ」

「一位よ、優勝よ！」

「やっぱり勝利は東堂さんのものね！」

「指さすヤツ、やってえーっ」

「せーのー、『天は三物を与えた――』」

きゃあきゃあと騒いでいる。

（あァ……応えないとな。女子ファンたちをがっかりさせるのは、俺の主義ではない）

すらり、と右手を天に向けて掲げ、続いて、ビシッと彼女たちを人さし指で指す。

「こんな雨の中の応援に、心から感謝するよ！　天は俺に三物を与えた。登れる上にトークも切れる、そしてこの美形！　ハコガクの東堂尽八、山神と呼ばれる男だ。俺のクライムは森さえ眠る――」

声に張りがないことを、東堂自身はわかっていた。けれど、女子たちには気取らせないよう、笑みを向ける。

「私、傘貸す！」

「温かい飲みもの、東堂さまのために用意しといたー!!」

「抜け駆け、ずるーい！」

女子たちがざわめくのも、東堂には遠くに聞こえる。

優勝の実感がないまま、ゴールラインを東堂は越えた。両腕を掲げたものの……虚しくなって、バタリ、とハンドルへ落とす。

「おめでとう！　優勝は、箱根学園の東堂尽八くんだね」

男性の係員が駆けよってきて、東堂のゼッケンを確認し、タオルを肩にかけてくれた。

「……違うな。この勝利は、カウントしないんだ」

東堂はポツリと言い、自転車を降りた。

女子たちがキャーキャーと歓声を上げながら、周りを取り囲んでくる。傘をさしだす女子を
「きみが濡れて、風邪を引いてしまう方が、俺は心苦しいさ」

と、精一杯のセリフで東堂は断った。傘を持つ手を、東堂からそっと押し戻された女子は、頬を染めて、コクン、とうなずいた。

「キャーっ、いいないいなーっ」

「手、触られてるーっ」

女子たちは大盛り上がりだ。

彼女たちに背を向け、片隅にある東屋まで、水たまりを踏んでのろのろと自転車を引いてゆき、柱に立てかけてから、東堂はベンチへ力なく座りこんだ。

「バカヤロウ……」

恨み言は、巻島にではない。この勝負にパンクを招いた山の神に……だった。

強く下唇を噛み……大きく息を吐き出す。

ヘルメットとグローブを脱ぎ、脇に置いた。頭を振って髪から雫を飛ばし、カチューシャを留め直す。

東屋のトタン屋根を、大粒の雨が激しく叩く音がする。次々にゴールしてくる選手を、迎える歓声も沸き上がる。

けれど、それらの何も、東堂の耳には入らない。

東堂はぼんやりと、動きの速い灰色の雨雲を、ただずっと、雨の滴り落ちる屋根のひさし越しに、目で追い続けるだけだった。

坂の下、カーブから姿を見せた回収車のクラクションが鳴らされた。

登ってくる車に片手を軽く掲げて、巻島は合図を送った。

巻島のレースが終わった。

冷たい雫が前髪を伝って頬に落ちる。唇に流れたそれを、フッ、と飛ばして、巻島はほんの少し笑った。

身震いし、両腕で自分の肩を抱く。

「……寒《さ》みっ」

雨が降り続いている。


巻島裕介と東堂尽八。

約束をした。

初めて、二人は、約束をかわした。たいせつな、約束を――。

エピローグ　ふたたび箱根

「──その約束が、なぜ叶わない。巻ちゃん、踏み出せ、目指そう、お互いに山頂を！」

箱根のつづら折りの登り坂。あたりを包んだ蝉の大合唱を消し飛ばす勢いで、東堂が叫んだ。

総北チームと箱根学園チームは、まだ併走している。

選手たちの背を灼く真夏の陽射し、滴り落ちる汗、荒い息づかい……皆、けんめいにペダルを踏み、山頂を目指している。

全力でペダルを踏みながらも、東堂と巻島のやりとりを、箱根学園と総北、それぞれのチームメイトが固唾《かたず》を呑んで見守っていた。

箱根学園の三年生、荒北《あらきた》がいらついたように歯ぎしりしている。

総北の主将金城は無言で見すえ、田所は仏頂面だ。歯を食いしばった総北の一年生二人──鳴子と今泉は先輩たちへ順に視線を送り、箱根学園の他の四人──主将の福富《ふくとみ》、三年生の新開《しんかい》、二年生の泉田《いずみだ》、一年生の真波も、追い抜きにかかってくる他チームのクライマーたちを気にしていた。

東堂の額から頬を伝った汗も、彼が一言叫ぶたびに、ぽたっ、ぽたっとアスファルトの路面に落ちていた。

「巻ちゃん、だって最後なんだぜ。勝負できる最後なんだ。俺たちは、三年だっ。このインターハイが、最後のレースなんだ!!」

招くように片手を差し伸べ、東堂の懇願する声は、もはや悲鳴に近い。

じっ、と東堂を見つめた巻島が、ギリッと、奥歯を強く噛んだ。右手の人さし指をギアシフトレバーの上で何度か這わせる。ためらった末……ガシャン、とギアにかかったチェーンが動き、踏みこみが重くなった。総北チームの全員が息を飲んだ。

巻島は絞りだすようにして、つぶやいた。

「……しょーがねェ!!」

巻島……と金城がかすかにつぶやいたが、その声は風に流される。総北メンバーの顔色が変わった。

東堂が歓喜した。

「待たせやがって！　やっとその気になったか。巻ちゃん、巻ちゃん、巻ちゃん!!　勝負だ、山頂のリザルトラインまでっ」

「ショオッ」

「最強のクライマーを決める勝負だ!!」

東堂の歓声と同時に、巻島の腰がサドルから浮いた。独特のダンシングだ。自転車《バイク》が大きく傾き、タイヤが路面をこする音がする。ホイールが回ってうなりを上げ――しかし巻島は、チームメンバーのため息を聞く前に、サドルに腰を落とした。手が震えている。歯を食いしばっている。

一瞬あ然としていた鳴子は、我に返ると、あわてて前へ進み出た。

「すいません、巻島さん！　ワイ、さっきナマイキなこと言うて……ホンマは巻島さんが、一番がまんして……チームのために」

巻島の口元がゆるんだ。

「クハ……がまん？　オイオイ、勘違いすんなヨ。今のはストレッチさ。それよか、隊列乱すな。ムダ足使うっショ」

東堂が絶望した。

「巻ちゃあんっ!!」

荒北が焦れたようにどなった。

「東堂ぉ！」

「何やってんだ、速く行けっ。いつまでもつまんないことに引っかかって、モタモタしてんじゃねーよ」

荒北は東堂に自転車《バイク》を寄せ、ささやいた。

「ったく、気づかねーのか、バァカ。頭に血ィ登ってんじゃねーよ。総北巻島は一人で先へ出ないんじゃない。出られないんだ。総北にはクライマーが一人しかいないのさ」

荒北の言葉が終わるかどうかのうちに、東堂はうつむいたまま、無言でギアを切り替えた。

すうっと、音もなく前へ出て、たちまちスピードを上げる。

ハコネというランドサインが設置されたヘアピンカーブ――箱根駅伝のテレビ中継でも、何度も名勝負が繰り広げられたことでよく知られる大平台《おおひらだい》地点、東堂が巻島との最初の勝負所と心に決めていた場所だった。

そこを東堂は、巻島を残して、一人、加速してゆくしかなかったのだ。


チームメイトと離れ、一人旅になった東堂は、仲間とライバルの誰にも聞こえないところまで走ったことを確かめ、爪が食いこむほどブラケットを強くつかんで絶叫した。

「バカヤロウ……準備しとけよっ、バカヤロウ!!　くそおぉぉぉっ」

汗ではない液体が、双眸《そうぼう》からこぼれそうになる。

怒りと悔しさにまかせ、東堂はペダルをひたすら踏みこみ、回した。

一方。残された二チームでは、荒北が総北チームに声をかけていた。

「賢い選択だったなァ、今あきらめたのは。なァ、総北ゥ！　登りでクライマーが一人で飛び出しちゃ、チームがばらばらになっちまう。冷静な判断だったぜ。おかげで、山頂リザルトは、うちがいただく――」

「三分……ショ」

　低い声を、巻島が荒北の言葉にかぶせた。

「三分までは……離されても……追いつくっショ」

「は？　三分？　何？」

　よく聞き取れなかったようで、荒北が尋ねる。

「三分のうちに、この状況が変わるのか？」

　荒北を見やり、巻島はわずかな笑みをもらした。

「……こいつ……笑った？」

「山頂リザルトはどうでもいい。オレは東堂《あいつ》と勝負できりゃ、それで……な。三分以内なら、まだ追いつく……」

「追いつく？　チームはどうする？　疲れ切ったスプリンターを連れては登れないぜ？　もうバレてんだ、今、おまえのチームには、クライマーは一人しかいない！」

「来るのさ。総北の――」

　巻島は指を二本、突きだした。

「二人目のクライマーがなっ」

　虚を衝かれた表情の荒北だったが、すぐにあきれ顔になって嘲笑した。

「来るって？　三分以内にィ!?　アハハハ、ムチャ言うな、あの落車に巻きこまれて、最下位のヤツだろ？」

しかし、そのとき、総北チーム全員の胸は高鳴っていた。

巻島の言うとおりだ。信じよう、と。

小野田は……来る！　箱根の坂で巻島以外の全員を引け、と金城に命じられた、その言葉をきっちり守るために、必ず来ると。


ペダルを回し続け、箱根の坂をひたすら登る東堂に、応援の声が聞こえてきた。

「ハーコーガク！　ハッコガク!!」

「東堂！　とーおどぉっ!!」

「かーなーがわ！　ハッコガク!!」

地元なので、母校の応援団を始めとする生徒たちが路肩に並んで応援しているのだ。女子に人気のある東堂のことだ、親衛隊の女子たち何十人かがが垂れ幕を石垣に張り、押し合いへし合いしながら、アイドルのコンサート会場にでも来たかのように黄色い声を上げている。

「来たわよ、東堂くん！」

「一位よ、一位」

「きゃー、東堂さん、すごーい！」

「東堂さまぁ、がんばって、がんばってぇ!!」

いつもなら、彼女たちに向かって余裕でポーズを決め、かっこいいセリフの二つや三つ繰り出すところだ。けれど、とてもじゃないが、東堂はそんな気分になれなかった。

ペダルは軽い。足だってまだまだ回る。なのに……心が重い。

（初めてだ……こんだけ観客がいて、トップで独走して、地元のレースで……なのに、早く終わっちまえ、なんて思うのは……）

こんなはずじゃなかった。約束して、ずっと楽しみにしていた。何度も何度も、約束は大丈夫かと巻島に電話した。


——少し前の昼休み。校内の学食から、巻島に電話したときは……。

コールをしばらく聞いてから、やっと相手が電話を取った。

『何』とぶっきらぼうな巻島の声を認めるなり、東堂はうれしくてまくし立てた。

「どーだ、巻ちゃん、元気かい。インターハイ前にケガとか病気とかしてないかい。おまえとはグッドコンディションでやりたいからな、心配で電話かけた！」

かすかなため息が聞こえた。

『……今週入って三回目ショ』

何回目だろうが、気になるものは気になるのだ。大事な約束なのだから。

「湯上がりに髪は乾かしてるか？　温かくして寝ろよ、エアコンは切れ。あ、ミネラルも摂《と》れよ」

『おまえは母親かっ』

「ハッハッ、すまんね、楽しみすぎてね」

あきれたようなため息をまたついて、巻島は無言になった。電話の向こうから、ミンミンゼミの声がする。巻島は屋外にいるようだ。サクサクとアイスキャンディーでも食べているような音がしてから、ようやく返事があった。

『……いいぜ、調子は……今までになく……な』

「俺もだ、巻ちゃん！　そして、おまえ以上にだ!!」――。


あれほど期待して待っていたのに。その約束は無惨にも破られた。確かに約束した、あれは、東堂だけの一方的な思いだったのだろうか。

（バカヤロウ、何期待してんだ、尽八！　捨てろ、期待は。あいつは来ねェ）

「捨てろォォォ!!」

ペダルを踏む。すべてを忘れるために。捨てろ、期待も、約束も、友情も、モチベーションも。全部忘れて、頭が空っぽになるまで、足を動かせ。

（捨てろ、捨てろ、捨てろっ!!）

巻島が来ない今、登りの山道は東堂の独壇場だ。追いかけてきた他校の選手を引き離し、独走態勢に入る。

誰一人も俺の前を走らせやしない。

（譲んねェよ、このポジション――トップだけは。俺が山頂リザルトを取るんだ。そのために、俺は、全部捨てた！）

初めてかわした、ただ一度かもしれない約束を捨てた。他の誰と勝負しても味わえないスリルを伴う拮抗する実力、だから何よりも楽しみだった巻島との勝負、その勝負にかけていた思いの、何もかも……捨てたのだ。

山頂リザルトを取り、チームを勝たせ、常勝の王者ハコガクの呼び名と全国一の名誉を守ることだけが、今の、俺の……存在意義。


国道一号線最高地点《リザルトライン》まであと二キロ、という表示がちらりと東堂の目に入ったとき、沿道の観客が叫んだ。

「あっ、後ろ！　長野の選手の後ろに、一台来たぞ」

東堂の心臓が、ドキリ、と跳ねた。「長野」は今引き離した選手だ。

（ハッ、一人も二人も変わらねェ。どんなヤツも、俺の前は走らせんよ）

観客のざわめきが広がる。

「おい、見ろ、フラフラだぞ、あいつ」

「もう限界だな」

「ダンシング、フラフラして、左右に大きく振れてるぞ」

フラフラ……左右に振れている……東堂は後ろを振り向いた。長野の選手が追いすがってくる。しかし、その後ろにいるというフラフラした選手は、まだカーブの向こうだった。姿が視界に入ってこない。

(俺の知ってるアイツは、車体を左右によく揺らす。……でも、途中に置いてきたんだ。アイツはチームのために残ったんだ)

またかすかに湧いてきた期待を振りちぎるために、東堂はペダルを踏んだ。

「絶対に、来ないっ!!」

背後から、タイヤが路面をこする音が聞こえた気がした。聞き憶えのある独特の……。

「なんだあのアタマの色」

「すげー色……玉虫色だな」

東堂は息を飲んだ。

玉虫色の長髪をなびかせた男――「来るはずがない……」。

小さな人影が、カーブを越えて、こちらへ向かってくる。

来るはずがない。

幻でも見ているのか、と東堂は足をゆるめて上体をねじった。長野の選手に抜かれるが、かまわずに目をこらし、その人影を見すえる。

人影がぐんぐん近づいてくる。細く長い手脚で自転車《バイク》を左右に大きく揺らしながら、急坂をハイスピードで登ってくる。

来るはずが……（じゃあ……誰だ……あの、クモ男は……）。

真夏の陽射しを浴び、ところどころ赤い筋の混じった緑色の長い髪が大きく揺れたのが、はっきり見えた。自転車《バイク》が傾くたび、ホイールのスポークも一瞬光る。

（夢なら醒めるな……）

観客のどよめきが一団と大きくなった。

「すげーダンシングだな。あれでよく追いついたなぁ」

東堂は胸の高鳴りを抑えられなかった。信じられない。しかしこれは……。

そいつの髪が逆光の中で揺れている。緑の髪……（俺の知ってるアイツは、いつも……髪を左右に揺らして、ニヤけた顔で登ってくるんだ――）。

そいつが東堂を認め、面を起こした。汗が飛び散り、光をはね返してきらめく。

「よオ、東堂。どォだ、コンディションは！」

東堂は言葉が出なかった。そいつに言いたいことは百も千もあるというのに、胸がいっぱいになってしまった。そいつはもう、あと十メートルほどで東堂と自転車《バイク》を並べるまでに近づいている。

「オレは上げめに登ってきたから、ウォームアップは済んでるぜ」

ハッ、ハッ、ハッ、とそいつの息が弾んでいる。だが、上気した頬からも力強い瞳の輝きからも、そいつが今すぐ勝負しようとしている気迫が感じられる。

「今までになくいい調子だ」

そう言い放って、そいつは東堂の視線をまっすぐにとらえ、うれしげに口元をゆるめた。

「最下位だった小野田が、登ってきてくれた。オレたちのチームを引っぱるために」

「……巻……ちゃん……俺は……」

東堂の頬を伝った雫が一滴、きらめきながら落ちて、路面に吸われた。果たして汗だったのか……それとも。

そいつ――勝負の約束を果たすために追いついてきた巻島へ、東堂は叫んだ。

「俺はたった今、絶好調になった‼」

あとがき

初めまして、文章を担当した時海結以と申します。

渡辺先生が考えてくださったストーリーに、文章で肉付けをし、細部をまた先生が整えてくださる、という方法で、この物語はできあがりました。

打ち合わせのとき、「こんな話で」と、先生がストーリーをお話しくださったのですが、とどまるところを知らず蕩々と流れ出てくるアイディアや、細部の具体的なイメージに、(なんておもしろいんだ、っていうか、すごい、なんでこんなにすらすらと話が作れるんだ)と、うっかり聞き惚れそうになるのをけんめいに思いとどまり、一言も聞き漏らすまいとメモに書き留めたことを、昨日のできごとのように思い出します。

原稿の形にしてからも、さらにすごいアイディアや、胸に響くセリフで修正の指示がいただけました。私も長いこと、もの書きのお仕事をさせてもらっていますが、そのご指示のあまりの「おもしろさ」、つまりは「絶対に話がよりおもしろくなってゆくと確信できる的確さ」に、背筋がぞくぞくして興奮がなかなか静まらなかったのは、初めての経験でした。

こんなマジですごい経験ができるから、もの書きはやめられないんだ！　と思いました。

その「おもしろさ」が、文章のみの表現でも皆様にお伝えできていれば、幸いです。

渡辺先生、関係者の皆様、たくさんのことを教えていただきまして、本当にありがとうございました。そして、この本を読んでくださった皆様に、最大級の感謝を捧げます。

著者プロフィール

時《とき》海《うみ》結《ゆ》以《い》

小説家。1月6日生まれ、長野県出身。『業多姫』（富士見書房）にてデビュー。『小説 源氏物語 あさきゆめみし』『小説 ちはやふる 中学生編』（講談社）、『小林が可愛すぎてツライっ!! ―秘密のWデート!?―』（小学館）ほか、児童書からノベライズ作品まで著書多数。

ロードレース!!
ママチャリで激《げき》坂《ざか》を登《のぼ》り、秋《あき》葉《は》原《ばら》通《かよ》い往《おう》復《ふく》90Km《キロ》!!
アニメにゲーム、フィギュアを愛《あい》する
オタク高《こう》校《こう》生《せい》・小《お》野《の》田《だ》坂《さか》道《みち》の衝《しょう》撃《げき》ペダリング!
総北高校
自転車競技部
週《しゅう》刊《かん》少《しょう》年《ねん》チャンピオン掲《けい》載《さい》
発行:秋田書店
弱虫《よわむし》ペダル
渡《わた》辺《なべ》航《わたる》
大《だい》好《こう》評《ひょう》発《はつ》売《ばい》中《ちゅう》!!

オタク×自転車《じてんしゃ》
大《だい》ヒット!
累計《るいけい》700万部《まんぶ》
突破《とっぱ》!!
※2014年10月現在
No.1《ナンバーワン》自転車《じてんしゃ》ロードレースコミック!!
1〜41巻《かん》(以下続刊《いかぞっかん》)+27.5公式《こうしき》ファンブック

SHŌNEN CHAMPION NOVELS

小《しょう》説《せつ》版《ばん》 弱《よわ》虫《むし》ペダル
巻《まき》島《しま》・東《とう》堂《どう》 二《ふた》人《り》の約《やく》束《そく》

2014年2月20日　初版発行
2020年10月10日　14版発行

著　者　渡《わた》辺《なべ》航《わたる》
　　　　時《とき》海《うみ》結《ゆ》以《い》
発行者　石井健太朗
発行所　株式会社 秋田書店
〒102-8101　東京都千代田区飯田橋2-10-8
☎編集(03)3265-7361　販売(03)3264-7248
製作(03)3265-7373
振替口座　00130-0-99353
印刷所　大日本印刷株式会社

ISBN978-4-253-10760-0